插图本中国古典文学丛书

传奇

陈虎／主编
张桂萍／著

河北出版传媒集团
河北教育出版社

图书在版编目（CIP）数据

传奇 / 张桂萍著 ；陈虎主编 . -- 石家庄 ：河北教育出版社，2022.3
（插图本中国古典文学丛书）
ISBN 978-7-5545-6943-6

Ⅰ . ①传… Ⅱ . ①张… ②陈… Ⅲ . ①传奇小说－小说研究－中国－古代 Ⅳ . ① I207.41

中国版本图书馆 CIP 数据核字 (2022) 第 022381 号

书　　名　传　奇
　　　　　CHUANQI
主　　编　陈　虎
作　　者　张桂萍

策　　划　刘贵廷　王书华
责任编辑　马海霞
装帧设计　郝　旭
出　　版　河北出版传媒集团
　　　　　河北教育出版社　http://www.hbep.com
　　　　　（石家庄市联盟路705号，050061）
印　　制　保定华升印刷有限公司
开　　本　880毫米×1230毫米　1/32
印　　张　7.125
字　　数　135千字
版　　次　2022年3月第1版
印　　次　2022年3月第1次印刷
书　　号　ISBN 978-7-5545-6943-6
定　　价　38.00元

总　序

汉字是世界上最古老、最悠久的一种语言文字，也是世界文明园地中表现力最丰富的一种交流工具。用这种最富表现力的工具作为载体的中国古代文学，也就必然具有与世界其他文学样式所不同的思想、艺术特征。由于中国社会是带着强烈的人文、理性色彩进入阶级社会的，所以在此土壤中生长出来的各种文化因素都无一例外地带有其鲜明的本质特征。中国的古代文学也不例外，她作为世界上最悠久的文学样式之一，带着鲜明的人文色彩和理性精神，经历了三千多年的持续发展历程，以其辉煌的成就，已成为中国传统文化中一支散发着奇异馨香的奇葩，成为全人类文化遗产中的艺术瑰宝。

产生于浓厚人文、理性色彩这一肥沃土壤中的中国古代文学，极为重视文学作品的思想性，强调文以载道的教化作用，所以在内容上偏重于政治和伦理道德主题。将文学视为政治的附庸和说教，一直被当作一种无可非议的价值倾向。所以，君臣的遇合、民生的苦乐、宦海的浮沉、战争的胜败、国家的兴亡、人生的聚散、纲常的序乱、伦理的向背等，一直是中国古代文学的主旋律，无论是诗歌、散文、小说还是戏曲，大都如此。这一方面使得中国古代文学蕴涵着浓郁的政治热情、进取精神和社会使命感，另一方面又强烈地抑制了古代文人自我情欲的释放、自由个性的迸发以及自我意识的开掘，尤其是“存天理、灭人欲”的社会观念的束缚，使中国古代文学完全被笼罩在了理性主义的烟霭之中。从春秋战国时期如处子、名媛般的《诗经》《楚辞》，汉魏六朝的丰碑巨制，唐诗、宋词的不朽咏唱，悲怆倾诉的元曲，一直到明清时期的人生画卷，无不表现了先哲先贤们对社会、对国家、对民族的激越情怀，以及对宇宙世界的无限期待，从中透露着千古风流人物的奋斗历程，以生动而具象的形式体现了中国文化的基本精神和中华民族的文化心理特征，广泛而深刻地反映着中国传统文化其他部分的内容，使人们深切地领略到了中华民族文化的博大久远。这是我们中华民族的骄傲，更是我们民族赖以凝聚、发展、强盛的巨大能源所在。

作为中国传统文化中最重要、最具活力的组成部分，中国古代文学又生动而深刻地体现着中国文化的基本精神，对现代中国乃至世界文明的发展都产生了广泛而深远的影响。唐诗、宋词中的名篇警句至今脍炙人口，元杂剧、明清小说中的故事、人物至今家喻户晓，其中所蕴涵的审美功能和认识功能历久弥新。因此，中国古代文学作为中国传统文化中最容易为现代人理解、接受的一种文化形态，是现代人与传统文化之间实现沟通的最直接的桥梁，也是世界其他文化背景下的人们了解中国文化的最佳窗口。

在科学技术迅猛发展的当代社会，人们的生活、观念正发生着巨大而深刻的变革，面对纷至沓来的现代科技和汹涌而至的各种思潮，人们仍能深切地感受到中国传统文化无所不在的巨大力量。人们渴望了解这种无形的力源，于是，绚丽多姿的中国古代文学就成了人们首要的注目之所。但由于各种原因所致，以往有关中国古代文学的诸多著作物，基本上都是写给那些从事专业研究者的，其中承载了过于厚重的道德和伦理内涵，因而理论性太强，显得生硬枯燥，将文学史上生动活泼、充满人间喜怒哀乐的鲜活笼罩在了黑厚的布幕之下。通过这些厚重的学术著作，人们根本无法了解鲜活、丰润的中国古代文学。而那些林林总总的古代诗、文选译本，又显得过于割裂和琐碎，读者很难从中领略中国古代文学活脱的发展脉络。因此可以说，目前社会上很难找到适合于普通读者需要的有关中国古代文学的趣味性读物，于是我们策划了这套《插图本中国古典文学丛书》。丛书共十本，是面向具有中等以上文化程度的读者介绍中国古代文学基本知识的图文并茂的大众普及性读物，主要内容包括按照历史发展线索，介绍中国古代文学体裁方面的基本知识，以及相关作家、作品对其产生的影响等，基本涵盖了传统学术话语里中国古代文学中最精彩、最具吸引力而又最为人们喜闻乐见的内容。

陈虎

2021年6月

目 录

壹

小说至唐代而一变

——传奇的渊源与特征

唐传奇是指唐代流行的文言小说，作者大多以记、传名篇，以史家笔法，传写奇闻异事。[1]唐传奇的出现，标志着我国文言小说发展到了成熟的阶段。

◎ 胡应麟

“传奇”一词最初用于小说的篇名，是元稹的《莺莺传》。[2]后来又用作书名，即裴铏的小说集《传奇》。明人胡应麟将小说分为六类，其中之一即“传奇”，具体指《飞燕》《太真》《崔莺》《霍玉》几篇[3]，与我们今天所讲的传奇小说大体相合。但在宋代，说唱诸宫调中也有“传奇”一类，元人也把杂剧称为传奇，后来南戏及明清戏曲均有“传奇”的称呼。“传奇”就成为戏剧和某种小说共用的名称。把“传奇”定为唐代创制的小说样式专名而又得到学界较多认可的，是鲁迅的《中国小说史略》，鲁迅称它为“传奇文”。[4]本书中使用的“传奇”就是指唐人的传奇小说。

[1] 王梦鸥:《唐人小说概述》，静宜文理学院中国古典小说研究中心主编《中国古典小说研究专集》（三），台湾联经出版事业公司 1981 年版。

[2] 《莺莺传》原题作《传奇》，参见周绍良:《绍良丛稿·〈传奇〉笺证》，齐鲁书社 1984 年版。

[3] （明）胡应麟:《少室山房笔丛》丙部《九流绪论》下。

[4] 鲁迅:《中国小说史略》第八至十篇，《鲁迅全集》第九卷，人民文学出版社 1981 年版。

在唐传奇之前，已经有志人、志怪、笔记等小说文体，但真正能够代表唐人小说的最高成就，反映唐代小说水准的，还是传奇小说。传奇是一种前所未有的小说体裁。当时创作小说的文人逐渐增多，说明一向被视作小道的小说创作，已经愈来愈引起人们的关注，并且开始成为一种有意识的艺术活动。鲁迅在《中国小说史略》中说："小说亦如诗，至唐代而一变，虽尚不离于搜奇记逸，然叙述宛转，文辞华艳，与六朝之粗陈梗概者较，演进之迹甚明，而尤显者乃在是时则始有意为小说。""传奇者流，源盖出于志怪，然施之藻绘，扩其波澜，故所成就乃特异，其间虽亦或托讽喻以纾牢愁，谈祸福以寓惩劝，而大归则究在文采与意想，与昔之传鬼神明因果而外无他意者，甚异其趣矣。"[1]明代胡应麟指出："变异之谈，盛于六朝，然多是传录舛讹，未必尽幻设语，至唐人乃作意好奇，假小说以寄笔端。"[2]由此看来，唐传奇在小说史上的变革主要表现在：首先，到了唐代，人们才开始有意识地进行小说创作。其次，在内容上，唐人传奇更切近现实生活，题材更广泛。再次，在艺术表现技巧上，唐传奇更注意构思的新颖奇特、叙述的宛转曲折、文辞的优美细腻。

---

[1] 鲁迅：《中国小说史略》第八篇《唐传奇文（上）》，《鲁迅全集》第九卷，人民文学出版社 1981 年版，第 70 页。
[2] （明）胡应麟：《少室山房笔丛》己部《二酉缀遗》中。

（一）揉变化之理，察神人之际

◎《搜神记》书影

与唐人传奇有着直接渊源关系的，是六朝志怪小说。魏晋南北朝时期的志怪小说，以干宝的《搜神记》和张华的《博物志》为代表，还有托名曹丕的《列异志》、托名陶渊明的《搜神后记》等，其基本特征就是题材怪异，多描写神仙方术、鬼怪变异，故事情节都比较简单，文笔也较简练朴实。也有个别作品情节较为曲折，结构相当完整，并开始注意人物性格的刻画，有些作品富于浪漫的想象，某些细节描写也较真实生动。这些都为唐传奇提供了有益的借鉴。

在题材上，六朝志怪小说对唐传奇的影响也很明显。如初唐的两篇代表性传奇作品《补江总白猿传》和《游仙窟》，其题材和构思都来源于六朝志怪小说。《补江总白猿传》中白猿精偷盗美妇人的情节与干宝《搜神记》中的《貑国马化》故事相似：蜀中西南高山上，有个与猿猴相类的怪物，凡过往的美貌女子，都被他盗取，生下孩子就送还其家抚养，所以当地人有很多是这个怪物的后代。《游仙窟》的题材和构思，与六朝刘义庆《幽明录》中的《刘晨阮肇遇仙》是一脉相承的。唐传奇中有些作品借助梦境来反映现实人生中荣辱得失的变化，这种艺术手法来源于《幽明录》的《焦湖庙祝》。《离魂记》中倩娘之魂私奔王宙的情节，在《幽明录》的《庞阿》故事中已经出现。原文是这样的：

◎ 刘义庆

巨鹿有庞阿者，美容仪。同郡石氏有女，曾内睹阿，心悦之。未几，阿见此女来诣，阿妻极妒，闻之，使婢缚之，送还石家，中路遂化为烟气而灭。婢乃直诣石家，说此事。石氏之父大惊曰："我女都不出门，岂可毁谤如此？"阿妇自是常加意伺察之，居一夜，方值女在斋中，乃自拘执以诣石氏，石氏父见之愕眙，曰："我适从内来，见女与母共作，何得在此？"即令婢仆于内唤女出，向所缚者奄然灭焉。父疑有异，故遣其母诘之。女曰："昔年庞阿来厅中，曾窃视之。自而仿佛即梦诣阿，及入户，即为妻所缚。"石曰："天下遂有如此奇事！夫精情所感，灵神为之冥著，灭者盖其魂神也。”既而女誓心不嫁。经年，阿妻忽得邪病，医药无征，阿乃授币石氏女为妻。

此篇作品从内容上看，只是客观记载了形神分离这一奇特事件，创作主旨仍不外乎干宝《搜神记·序》所说的“发明神道之不诬”。从情节发展来看，故事中的男女主人公之间的情感描写很不明了，也没有情理可言，宗教色彩比较浓厚。到了唐传奇作品《离魂记》，这一故事把普通人的生死爱情作为主要描写对象，主题是批判父母包办婚姻的不合理，肯定和歌颂了男女青年婚姻自主的强烈要求和顽强意志。文章虽然只有五百多字，生活容量却很大。从王宙与倩娘青梅竹马写起，到他们长大后彼此相爱，之后父亲悔婚，导致两人私奔，逃到蜀中生活了五年，再到回家省亲，真相大白，最后“四十年间，夫妻皆丧”，基本写了两人的一生。其间有冲突、有悬念、有和解，情节完整而曲折，详略安排得也别具匠心，小说重点写了离家私奔和回家魂归的情景：

日暮，至山郭数里。夜方半，宙不寐，忽闻岸上有一人行声甚速，须臾至船。问之，乃倩娘徒行跣足而至。宙惊喜发狂，执手问其从来。泣曰：“君厚意如此，寝食相感。今将夺我此志，又知君深情不易，思将杀身奉报，是

◎《离魂记》插图

以亡命来奔。”宙非意所望，欣跃特甚。遂匿倩娘于船，连夜遁去。

……既至，宙独身先至镒家，首谢其事。镒曰：“倩娘病在闺中数年，何其诡说也！”宙曰：“见在舟中！”镒大惊，促使人验之。果见倩娘在船中，颜色怡畅，讯使者曰：“大人安否？”家人异之，疾走报镒。室中女闻，喜而起，饰妆更衣，笑而不语，出与相迎，翕然而合为一体，其衣裳皆重。

文中张、王二人形象鲜明。小说先写王宙夜半未眠，然后写他耳闻“行声甚速”，这急促的脚步声表现的是倩娘追赶离开的情人时那种急切焦灼的心态，可以看作对倩娘的间接描写。然后，再写他亲眼看到“徒行跣足”的倩娘，这是对倩娘的直接刻画，十分形象具体地描写了她仓促间私奔出逃的情景。而王宙见到倩娘，欣喜若狂，“执手”二字写出了他此刻激动的心情、事出意外的惊喜和二人情感的真挚。后半段归家时，二人的动作、神态、心情也刻画得很具体，“衣裳皆重”的动态描写，让人有如在目前的感觉，作者运用语言的艺术功力可见一斑。本来是个虚幻的故事，却以现实生活的合理方式发展演进；本来是一个无所依存的魂魄，却按照实在的人形予以抒写。这样，在故事结尾时就收到了出人意料的效果，也增强了故事的真实感。两处详写也是作者有意铺陈能给人留下强烈印象的奇事，并且为了达到这一效果，也不避虚饰，力求刻画得细腻生动。《离魂记》并不是很成熟的唐传奇作品，但在刻画人物形象、注重生活真实、突出情感色彩和描写叙事的能力上，显然已超越了志怪小说，显示出了自己的文体特点。

至于志怪小说中写人与狐鬼妖仙恋爱的故事，如《搜神记》中的《天上玉女》《吴王小女》《阿紫》，《幽明录》中的《刘晨阮肇遇仙》《黄原》等篇，对唐人传奇同类作品的影响，就更不必说了。唐传奇作品中描写这类题材的名篇，如《任氏传》《柳毅传》《裴航》等，都尽量突出“异物”之人情和性格特征。这些小说尤其注重表现其性格中真、善、美的方面，对其怀着赞美和欣赏的态度。与六朝志怪小说旨在崇扬佛、道的创作意图相比，唐传奇作品的审美意味更强。从六朝至清代，中国文言小说的志怪传统一直存在，就狐精故事的发展来看，六朝时期的狐仙故事多是在一些有迷信思想的人群中流传的怪异传说，很少反映社会生活的内容。其中的狐狸也能幻化为人，但还没有充分展示人的思想感情。如郭璞《玄中记》里有一条《说狐》：

狐五十岁，能变化为妇人；百岁为美女，为神巫，或为丈夫与女人交接，能知千里外事，善蛊魅，使人迷惑失智；千岁即与天通，为天狐。

◎《倩女离魂》插图

这则故事只把狐精的习性和变化特点归纳描述出来，基本上没有人的思想情感，只是一种可怕的精怪。六朝志怪小说和唐代的狐仙故事，或详或略，大多不出这个模式。但唐传奇《任氏传》中的狐仙任氏则完全是以一个具有社会特征的人的形象出现的，文章开篇是这样写的：

任氏，女妖也。……郑子乘驴而南，入升平之北门。偶值三妇人行于道中，中有白衣者，容色姝丽。郑子见之惊悦，策其驴，忽先之，忽后之，将挑而未敢。白衣时时盼睐，意有所受。郑子戏之曰："美艳若此，而徒行，何也？"白衣笑曰："有乘不解相假，不徒行何为？"郑子曰："劣乘不足以代佳人之步，今辄以相奉。某得步从，足矣。"相视大笑。

这里作者并不避讳任氏的身份，却着力刻画她的动作、神态、心理，甚至写出了任氏与郑子在感情上的微妙交流。此传的末尾作者明确表示此篇作品是借"异物之情"来表达人的思想感情。这是创作观念的一大进步。由此也可以看出，六朝志人、志怪还没有摆脱史的观念，多数还是单纯记录社会人事和鬼神异事，而唐传奇则用文学创作的观念对这些仙鬼异说进行艺术的概括和加工，创作出了富有人情味和生活气息的形象。

以刘义庆的《世说新语》为代表的六朝志人小说，在记事传人的艺术技巧上，为唐传奇积累了一些经验。这类志人小说主要是记载汉魏六朝上层社会中某些人物的传闻逸事，篇幅一般都很短，但已经开始注意反映生活的真实性，艺术技巧也较高。《世说新语》善于抓住人物在特定环境中的典型特征，用对话、动作、生活细节等来刻画人物性格，使人物的性格、神态变得栩栩如生，这样就提高了文学作品的鉴赏和娱乐作用。这些对唐传奇作家描写人物性格、表现人情世态是有影响的。例如《李娃传》对人物性格的描写也表现出了工细的特点：

尝游东市还，自平康东门入，将访友于西南。至鸣

◎《世说新语》插图

珂曲，见一宅，门庭不甚广，而室宇严邃，阖一扉。有娃方凭一双鬟青衣立，妖姿要妙，绝代未有。生忽见之，不觉停骖久之，徘徊不能去。乃诈坠鞭于地，候其从者，敕取之，累眄于娃。娃回眸凝睇，情甚相慕，竟不敢措辞而去。生自尔意若有失，乃密征其友游长安之熟者以讯之。友曰："此狭邪女李氏宅也。"曰："娃可求乎？"对曰："李氏颇赡，前与通之者，多贵戚豪族，所得甚广，非累百万，不能动其志也。"生曰："苟患其不谐，虽百万，何惜！"他日，乃洁其衣服，盛宾从而往。

这个场面加细节的段落，与今天电影中的表现手法有些相似。先是展示了由动而静的画面：服饰华丽、人品俊秀的荥阳生骑着马从繁华的东市游玩归来，进入平康里的东门，行到鸣珂曲，画面停住了，马儿也停步了。有一座幽静深远的住宅，一扇门半开着，一个"妖姿要妙，绝代未有"的女子出现了。她的魅力是不可阻挡的，荥阳生一见之下，"不觉停骖久之，徘徊不能去"，贵族公子的好色习气由此表现出来。他假装把鞭子掉在地上，好借此机会多看李娃几眼，但当李娃"回眸凝睇，情甚相慕"时，他又犹豫胆怯起来，"不敢措辞而去"。当他得知李娃是长安名妓时，又燃起希望，不惜花费巨资，欣然而往，表现出他初出茅庐、不知深浅的幼稚和单纯。这些细节、语言、动作和场景的描写，既表现了人物的身份、性格，也推动了后来情节的发展。因此，这种细节场面的描写就只是构成整个故事情节的某一个环节，是为下面的情节发展服务的。作者的创作意图就不仅仅是单纯的表现人物性格，或展示场面了。也就是说唐传奇是有意识的创作，这就与志人小说有所区别了。志人小说的创作者对自己所记录的逸闻多采取忠实记载的态度，并不认为自己是在进行文学创作。唐代小说中也有这类作品，往往被后人称为“笔记”，可以说是对六朝志人小说的直接继承。

唐人传奇小说改变了六朝以前小说长期流连于描摹神怪世界的情况，而致力于把富有幻想性和浪漫性的志怪精神与现实生活、现实人生结合起来，使鬼怪故事具有丰富复杂的社会生活内容。因此，故事的主人公也逐渐由神鬼仙灵变为现实生活中的人，尤其是把目光投射到生活中的被压迫者身上，如妓女、士子、贫民等，其中妇女形象数量之多、性格之鲜明、内涵之丰富是令人惊异的。这与六朝志人小说主要记述上层社会逸闻的情况相比，又是一大进步。唐传奇中的优秀之作，如《李娃传》《莺莺传》《霍小玉传》《虬髯客传》等，都是在生活真实的基础上，通过故事情节和人物形象反映现实生活或表达某种理想，在创作过程中充分发挥想象进行虚构，使故事更加曲折生动。

虽然志怪小说和笔记小说也在唐人小说中大量存在，它们与传奇小说共同构成了唐代小说的繁荣景象，但真正能够代表唐人小说最高成就的还是传奇小说。

（二）记事传人寄感慨，作意好奇逞才思

从先秦两汉发展至六朝的史传文学，在描写人物、叙述故事和气氛渲染等方面，已经积累了丰富的创作经验，汉代司马迁的《史记》在这方面是唐人的楷模，对唐传奇作家有巨大的影响。唐代的传奇作者有很多曾兼任史官之职，或者是写过史书的，如《古镜记》的作者王度曾奉诏撰修国史，《任氏传》的作者沈既济曾撰《建中实录》，被人称为良史之才，《长恨歌传》的作者陈鸿也是有意向史家学习，志在编年的。此外，韩愈的弟子或门徒很多也从事唐传奇创作，而韩愈本身是担任过史官的，而且还写有《顺宗实录》，也创作了几篇类似传奇的文学传记。可见，史书传记与传奇之间的关系是很密切的。

单从命名上看，唐传奇作品多以“传”“记”“纪”“志”等名篇，这与史传、杂传是一脉相承的。此外，唐传奇小说在篇章结构、叙事语调、人物刻画、细节描写和戏剧冲突的安排等方面，也有学习史传的一方面，但又有所突破。尤其是唐传奇鼎盛时期的代表作品，大多有繁复精巧的结构、丰富多变的语调、特色鲜明的细节、精致细腻的人物刻画和引人入胜的戏剧冲突。从这些方面来看，唐传奇并未完全摆脱史传的影响，在一定程度上还对史传有所依赖。但从中唐到晚唐的发展过程

中，唐传奇作者一直在努力探索真实性与虚构性的结合，先是对真实的故事进行虚构来寄寓自己的感慨，以致用完全虚构性的故事来描写真实的人生和社会，这条线索是清晰的。其惩劝义烈之旨往往与感慨寄托杂糅，明道与审美并重，到后来流连技巧、娱乐才思的创作轨迹也是明显的。正是在这个过程中，唐传奇塑造了自己的品格。

唐传奇作品多是文人出于某种创作动机有意识地创作，或对已有素材进行艺术加工，或通过想象虚构编织故事情节，或在故事中寄寓主观情感，融会贯通而成，其创作过程是比较复杂的。很多传奇作家对自己的创作意旨都有直接表述，如陈玄祐在《离魂记》中曾自述写作过程：

玄祐少常闻此说，而多异同，或谓其虚。大历末，遇莱芜县令张仲规，因备述其本末。镒则仲规堂叔，而说极备悉，故记之。

白行简在《李娃传》末尾写道：

嗟乎，倡荡之姬，节行如是，虽古先烈女，不能逾也。焉得不为之叹息哉！予伯祖尝牧晋州，转户部，为水陆运使，三任皆与生为代，故谙详其事。贞元中，予与陇西公佐话妇人操烈之品格，因遂述汧国之事。公佐拊掌竦听，命予为传。乃握管濡翰，疏而存之。时乙亥岁秋八月，太原白行简云。

李公佐在《庐江冯媪传》中讲述自己的创作经过说：

元和六年夏五月，江淮从事李公佐使至京，回次汉南，与渤海高钺、天水赵儹、河南宇文鼎会于传舍。宵话征异，各尽见闻。钺具道其事，公佐因为之传。

李公佐在《谢小娥传》末尾：

君子曰：誓志不舍，复父夫之仇，节也；佣保杂处，不知女人，贞也。女子之行，唯贞与节，能终始全之而已，如小娥，足以儆天下逆道乱常之心，足以观天下贞夫孝妇之节。余备详前事，发明隐文，暗与冥会，符于人心。知善不录，非《春秋》之义也，故作传以旌美之。

沈既济在《任氏传》末尾：

嗟乎，异物之情也，有人道焉！遇暴不失节，徇人以至死，虽今妇人，有不如者矣。惜郑生非精人，徒悦其色而不征其情性。向使渊识之士，必能揉变化之理，察神人之际，著文章之美，传要妙之情，不止于赏玩风态而已。惜哉！建中二年，既济自左拾遗与金吴将军裴冀、京兆少尹孙成、户部郎中崔需、右拾遗陆淳皆谪居东南，自秦徂吴，水陆同道。时前拾遗朱放因旅游而随焉。浮颍涉淮，方舟沿流，昼宴夜话，各征其异说。众君子闻任氏之事，共深叹骇，因请既济传之，以志异云。

李朝威在《柳毅传》末尾：

陇西李朝威叙而叹曰："五虫之长，必以灵者，别斯见矣。人，裸也，移信鳞虫。洞庭含纳大直，钱塘迅疾磊落，宜有承焉。嘏咏而不载，独可邻其境。愚义之，为斯文。"

由此可知，唐传奇中很多故事在民间口头流传了数十年，流传地域也较广泛。陈玄祐说他从小就曾听说过离魂故事，直到大历末，再次从故事主人公的亲戚处得到证实，才诉诸笔墨。先是在人们口头呈自然状态流传，后因某个机缘才经文人聚谈加工而成一篇小说，这是很多唐传奇作品的创作过程。这种创作模式可以驰骋想象，便于对各种传闻进行糅合加工，那些奇事奇人就成为作家有意为之的艺术之奇。这种征异话奇、愉悦宾朋的创作情境，很大程度上决定了唐人小说不同于史传的审美特征，正如浦江清先生所言，“唐人传奇如珠玉宝货，珍玩之品，却不是布帛菽粟，堪资温饱”[1]。他们的创作意图要么是宣扬现实社会中值得褒奖的人物事迹，要么是借异物之情抒写自己的感悟，无论是写实、寄寓还是幻想，传奇作者从中着力表现的是强烈的感慨或某种寓意。因此，从某种意义上看，唐传奇是唐代文人寄意抒情之作。这就与史传有了本质区别，情感的强调可以使传奇作家在叙事中表达强烈鲜明的主观态度，不用像史家那样采取不偏不倚的客观立场。我们看一看唐传奇鼎盛时期的代表作品，其主要内容都是言情，就说明抒情寄意是唐传奇的一大特征。

以上所举的、由作者交代写作原因的文字表明，传奇作家具有有意创作小说的自觉意识，但在流露其“作意”的同时，又想证明故事的真实性，想证实自己的故事是有来历的，有为而发的，不是徒逞文采的不实之文。因此在结构布局上，传奇多采用史传的表现方法，即先明确交代故事发生的时间、地点，人物的家世、生平及外貌特征等，也是想通过故事的真实存在掩盖这种“作意好奇”的痕迹。[2]这就表明了传奇作家在创作思想上还未完全脱离史传写作的劝惩之旨。很多传奇作品为了表现节烈、宣扬神道、讽刺政敌的意味，还在篇末论赞中强调惩劝，这也可以看作对史传劝诫功能的自觉承担，从而

[1]　（明）胡应麟：《少室山房笔丛》卷三十六。
[2]　江守义：《唐传奇叙事》，安徽人民出版社 2006 年版，第 35 页。

在无形中提高了小说创作的社会价值。但从总体上看，唐人传奇在表达讽喻劝诫的同时，以愉悦性情为旨归，更加关注个体生命和情感表现，全方位地展示了纷纭复杂的人世生活，借以寄寓个人的志趣感悟和理想追求。为此，唐传奇小说创造了第一人称限知视角的叙事方式，即用第一人称的方式叙述故事，叙述者也是故事中的角色之一，这样，一方面能强调故事的真实性，同时也便于感情抒发或道德评价，加强了故事的抒情性。如《游仙窟》《秦梦记》《周秦行记》《古镜记》《谢小娥传》等。此外，《东城老父传》用采访的形式结构文章，故事的主人公贾昌就是叙述故事的人，也可以看作第一人称的叙事方式。

此外，在叙事方式上，唐传奇还突破了史传文按时间顺序叙事的一般规律，而展现出丰富多彩的叙事方式。当然，也有很多传奇作品是按时间顺序来讲述故事的，但还有相当数量的作品采用了倒叙的手法，显示出作者的主观创造精神。如唐初期的两篇传奇作品《古镜记》和《补江总白猿传》，都运用了倒叙的结构来叙事。《古镜记》从宝镜失踪写起，然后追忆他如何得到宝镜以及宝镜的神奇作用，最后又铺写了宝镜亡去的情景。这样的结构使小说丧乱悲悼的情调很突出，因而充满了抚今追昔的感叹和寄寓深远的效果。

有些传奇作品是根据真人真事写成的，还为后来的史书所采用。如李公佐的《谢小娥传》、牛肃《纪闻》中的《吴保安》故事都被写入《新唐书》。虽是用简约的史传笔法写成，但作者是被他们的精神深深感动了，因此在叙事中突出了情感的强度。《吴保安》讲的是唐代李蒙率兵南征，吴保安以同乡的关系求李蒙部下的郭仲翔推荐他到军中供职，郭仲翔竭力举荐，吴保安被任用，但还未到职，李蒙的军队就已溃散覆没，郭仲翔被俘为奴。郭仲翔就写信给吴保安，求他筹备绢千匹来为自己赎身。吴保安于是变卖家产，十年不顾家小，终于赎回了郭仲翔。后来吴保安夫妇客死他乡，郭仲翔听到消息，步行数千里将吴保安夫妇骨骸带回家乡安葬，并把他们的孩子抚养成人。故事通过记述吴保安和郭仲翔的生死之交，抒写了人们对真情真义的赞扬和追求。这个故事中有两段倒叙，一段是吴保安筹绢十年，其妻饥寒交迫，携子寻夫：

其妻乃率弱子，驾一驴，自往泸南，求保安所在。于途中粮尽，犹去姚州数百。其妻计无所出，因哭于路左，哀感行人。

此时刚好碰到了姚州都督杨安居，救助了吴保安妻子，他对吴保安捐弃家室、救赎友朋的义举非常钦佩，又借给他官绢四百匹，赎回了郭仲翔。紧接着就写了郭仲翔的回报，文章末尾又用倒叙法，追叙郭仲翔被俘后的苦难经历：

初，仲翔之没也，赐蛮首为奴，其主爱之，饮食与其主等。经岁，仲翔思北，因逃归，追而得之，转卖于南洞。洞主严恶，得仲翔，苦役之，鞭笞甚至。仲翔弃而走，又被逐得，更卖南洞中，其洞号菩萨蛮。仲翔居中，经岁，困厄复走。蛮又追而得之。复卖他洞。洞主得仲翔，怒曰："奴好走，难禁止邪？"乃取两板，各长数尺，令仲翔立于板，以钉自足背钉之，钉达于木。每役使，常带二木行。

这两段倒叙两下照应，极大地增强了作品的感情色彩，作者对知恩图报、不避死生的侠义精神的推崇自然显现出来了，可以说是寓教于情。

在题材上，史传多写重大历史题材和历史上的风云人物，而唐传奇作品更注重生活题材的开拓，几乎触及隋唐社会的各个角落，有很多篇章写的是社会底层的小人物。那些具有奇技异能的艺人、豪侠、奴婢等，由于社会地位低下，其行为举止很少有人注意，唐传奇作者写起来更容易想象虚构。因此，传奇的取材不受"正史"的限制，大多数都来自民间传说，有很浓厚的民间文学色彩。当然，唐传奇中也有反映重大历史题材的作品，它们往往以历史真人真事为基础，用瑰丽的想象和大胆的夸张等浪漫主义手法为表现形式进行创作，在故事的展开过程中，人物性格的凸显和思想异趣的传达，往往能突破外在结构的限制，展现出不同于史传的虚实相生的境界，如《长恨歌传》《东城老父传》等。从这一点看，唐传奇可以说是重大题材与生活题材并重。

抛开那些以真人真事为基础创作的，与史传叙事和结构有很大相似之处的作品，我们看到的是唐传奇富于娱乐抒情、充满世态人情的总体风貌。传奇作家汪洋恣肆的情思和酣畅淋漓的描述，有时甚至突破时空的限制，在不加掩饰的想象和细腻生动的描述中为我们展现出人生的奇妙，如《南柯太守传》极写淳于棼梦中与公主成婚的场景和梦醒的场景：

> 旋有一骑传呼曰："王以驸马远降，令且息东华馆。"因前导而去。俄见一门洞开，生降车而入。彩槛雕楹，华木珍果，列植于庭下；几案茵褥，帘帏肴膳，陈设于庭上。生心甚自悦。……是夕，羔雁币帛，威容仪度，妓乐丝竹，肴膳灯烛，车骑礼物之用，无不咸备。有群女，或称华阳姑，或称青溪姑，或称上仙子，或称下仙子，若是者数辈，皆侍从数千。冠翠凤冠，衣金霞帔，彩碧金钿，目不可视。遨游戏乐，往来其门，争以淳于郎为戏弄。风态妖丽，言词巧艳，生莫能对。复有一女谓生曰："昨上巳日，吾从灵芝夫人过禅智寺，于天竺院观右延舞《婆罗门》。吾与诸女坐北牖石榻上，时君少年，亦解骑来看。君独强来亲洽，言调笑谑。吾与穷英妹结绛巾，挂于竹

◎《南柯记·就征》插图

枝上，君独不忆念之乎？又七月十六日，吾于孝感寺侍上真子，听契玄法师讲《观音经》。吾于讲下舍金凤钗两只，上真子舍水犀合子一枚。时君亦讲筵中于师处请钗合视之，赏叹再三，嗟异良久。顾余辈曰：‘人之与物，皆非世间所有。’或问吾民，或访吾里。吾亦不答。情意恋恋，瞩盼不舍。君岂不思念之乎？”生曰：“中心藏之，何日忘之。”群女曰：“不意今日与君为眷属。”复有三人，冠带甚伟，前拜生曰：“奉命为驸马相者。”中一人与生且故。生指曰：“子非冯翊田子华乎？”田曰：“然。”生前，执手叙旧久之。生谓曰：“子何以居此？”子华曰：“吾放游，获受知于右相武成侯段公，因以栖托。”生复问曰：“周弁在此，知之乎？”子华曰：“周生，贵人也。职为司隶，权势甚盛。吾数蒙庇护。”言笑甚欢。俄传声曰：“驸马可进矣。”三子取剑佩冕服，更衣之。子华曰：“不意今日获睹盛礼。无以相忘也。”有仙姬数十，奏诸异乐，婉转清亮，曲调凄悲，非人间之所闻听。有执烛引导者，亦数十。左右见金翠步障，彩碧玲珑，不断数里。生端坐车中，心意恍惚，甚不自安。

…………

生忽若昏睡，瞢然久之，方乃发悟前事，遂流涕请还。王顾左右以送生。生再拜而去，复见前二紫衣使者从焉。至大户外，见所乘车甚劣，左右亲使御仆，遂无一人，心甚叹异。生上车，行可数里，复出大城。宛是昔年东来之途，山川原野，依然如旧。所送二使者，甚无威势，生逾怏怏。生问使者曰：“广陵郡何时可到？”二使讴歌自若，久乃答曰：“少顷即至。”俄出一穴，见本里闾巷，不改往日，潸然自悲，不觉流涕。二使者引生下车，入其门，升其阶，已身卧于堂东庑之下。生甚惊畏，不敢前近。二使因大呼生之姓名数声，生遂发寤如初。见家之僮仆拥篲于庭，二客濯足于榻，斜日未隐于西垣，余樽尚湛于东牖。梦中倏忽，若度一世矣。

两段文字具有浓郁的生活气息，写婚礼的盛大场面时，重点穿插了参加婚礼的众仙姑对淳于棼的戏谑，以及与故人相遇寒暄这两个小场景。婚礼的场面是那样的铺张炫丽，愈加衬托出梦境的虚幻性，而人物的神态声口又那样生动，证实了场景的真实性。梦醒时分的场景刻意描写了淳于棼内心的活动，看似是对梦境中人意识活动的描述，实则是在一瞬间遍尝人间百味。这就是作者对人生的真实感受：梦境中的一生与人世间的一瞬在时间上是重合的，在空间上繁华宏阔的梦境世界原来只是一个小小的蚁穴。因此作品篇末抒发了这样的情感：“贵极禄位，权倾国都，达人视此，蚁聚何殊。”人世的荣华富贵，是多么虚幻渺小！可以说，就是在这种对人生深刻的体验和感悟的推动下，作家的想象力被激发出来，借蚁穴和梦境的虚构创造出亦幻亦真的传奇故事。显然，这个故事不是要人求仙出世的，梦境中的仙人云集，世态与人世无异，它要表现的是人生如梦的深重感伤和悲哀，这种情感体验通过这个梦境故事的描述传达出来，具有一种无法言说的美感。

中国小说的产生本与史传有密不可分的关系，既提供了成长必需的营养，也隐藏着制约其独立的因素，唐传奇小说可以说是小说脱离史传、探索自身特点迈出的第一步。

（三）著文章之美，传要妙之情

唐人传奇大大提高了小说的创作艺术。小说以娱情为第一要义，即使劝诫，也要寓教于乐，因而它讲究情节的完整曲折、表现手法的多样和辞章的华美。较之前代小说和史传，唐传奇的情节更曲折完整，人物性格更鲜明，文辞更华艳，结构更阔大。它在描写人物、场面和细节方面有长足的进步。传奇小说的语言倾向于充分地铺叙和必要的藻饰，并不刻意追求简约精练，形成了情致宛曲、文采华茂等特点。此外，它还充分吸收民间文学的语言表达方式，形成了细腻浅近的语言风格。

传奇小说“文备众体”，在叙事中掺入诗歌韵文是唐传奇小说中常见的文体现象。唐传奇早期作品《游仙窟》已经显露了这个特色，后来的作品《柳毅传》《莺莺传》《李章武传》《飞烟传》等都是诗文杂用的典范之作。这是因为传奇作品富有想象和情感，这一点与诗歌是相通的，因此，很多传奇作品即使没有穿插诗歌，一样具有诗歌的韵味。如《任氏传》《南柯太守传》《李娃传》《无双传》等都没有诗。而且，在叙事中插入韵文，如诗歌、谣谚等，史传文也有运用，只是不多见。可见，有无韵文的插入并不是判断一篇作品是否是传奇作品的标志，关键在于如何运用韵文，以及运用韵文是否传达作者的寄寓和情感。

从总体上看，诗赋在传奇小说中的作用有很多，大体有这样几方面：一、男女之间的传情达意；二、人物言志抒情；三、绘景状物；四、暗示情节的某种结局；五、评论。[1]男女之间用诗歌表白心迹的方式在唐传奇作品中是惯用的手法。如《莺莺传》中张生作《春词》二首，求红娘交给莺莺，莺莺很快作了一首诗回赠。诗曰："待月西厢下，迎风半户开。拂墙花影动，疑是玉人来。"后来莺莺又疏远了张生，张生又作了《会真》诗三十韵，但作品没有记录。李景亮的《李章武传》写旅店主人王氏子妇与李章武的生死恋，王氏子妇因相思而死，李章武则不惮幽冥，与她的鬼魂重聚。小说在写人鬼团聚后又要离别的时刻，王氏子妇赠诗曰："昔辞怀后会，今别便终天。新悲与旧恨，千古闭穷泉。"这首诗把前一次的生别离与这次的永别离放在一起，悲与恨从此都幽闭于九泉之下，这

[1] 石昌渝：《中国小说源流论》，生活·读书·新知三联书店1994年版，第167页。

是何等的凄凉！此处插入的诗歌恰好传达了人物的内心情感，而不必多费笔墨。因此，诗歌在这里实际也起到了描述叙事的功能。李玫《纂异记》中《杨祯》一篇写一个由灯火化成的红裳女子与借宿古寺的杨祯之间的恋情。当红裳女初访杨祯时，曾于帘外歌曰："凉风暮起骊山空，长生殿锁霜叶红。朝来试入华清宫，分明忆得开元中。"又歌曰："金殿不胜秋，月斜石楼冷。谁是相顾人，褰帷吊孤影。"她一连赋诗两首，没有正面回答杨祯的质问，实际是用诗婉曲地表达自己孤寂、清苦与感伤的情怀，同时也与她作为灯火的摇曳缥缈之美相契合，从而使小说字里行间洋溢着一种幽远含蓄的诗情。

人物借诗歌抒情言志的情况也比较常见，如李朝威《柳毅传》中柳毅到龙宫替龙女传书，龙女获救后，龙王与他宴饮的场面：

> 是夕，遂宿毅于凝光殿。明日，又宴毅于凝碧宫。会友戚，张广乐，具以醪醴，罗以甘洁。初，笳角鼙鼓，旌旗剑戟，舞万夫于其右。中有一夫前曰："此《钱塘破阵乐》。"旌鉴杰气，顾骤悍栗。座客视之，毛发皆竖。复有金石丝竹，罗绮珠翠，舞千女于其左，中有一女前进曰："此《贵主还宫乐》。"清音宛转，如诉如慕，坐客听下，不觉泪下。二舞既毕，龙君大悦。锡以纨绮，颁于舞人，然后密席贯坐，纵酒极娱。酒酣，洞庭君乃击席而

歌曰："大天苍苍兮大地茫茫，人各有志兮何可思量，狐神鼠圣兮薄社依墙。雷霆一发兮其孰敢当？荷真人兮信义长，令骨肉兮还故乡，齐言惭愧兮何时忘！"洞庭君歌罢，钱塘君再拜而歌曰："上天配合兮生死有途，此不当妇兮彼不当夫。腹心辛苦兮泾水之隅，风霜满鬓兮雨雪罗襦。赖明公兮引素书，令骨肉兮家如初。永言珍重兮无时无。"钱塘君歌阕，洞庭君俱起，奉觞于毅。毅踧踖而受爵，饮讫，复以二觞奉二君，乃歌曰："碧云悠悠兮泾水东流，伤美人兮雨泣花愁。尺书远达兮以解君忧，哀冤果雪兮还处其休。荷和雅兮感甘羞，山家寂寞兮难久留，欲将辞去兮悲绸缪。"歌罢，皆呼万岁。

◎（元）佚名《柳毅传书》

此段文字先是用四六韵文生动描绘出丰富优美的舞姿：武夫之舞《钱塘破阵乐》雄壮激昂，令人心惊；少女之舞《贵主还宫乐》清丽柔婉，令人动情。而且观赏舞蹈的过程实际也是引读者再次回顾钱塘君救人、龙女获救的故事情节，音乐与情节融合起来；宴饮一段则干脆直接引进歌词，写洞庭君、钱塘君和柳毅三人击节而歌，抒发各自内心的思想感情，不仅刻画了人物性格，还具有强烈的感染力，为小说创造了耐人寻味的诗意。这种富于诗意的艺术描写在以前的小说和史传中是很难见到的，对后世的言情小说是有影响的。传情小说中写景状物和描绘人物常用赋法。

史笔贵简约传神，文学重细腻和夸饰。唐传奇小说则在细腻夸饰中传神写照，尤其是在点染世情、披露情感上显示出独有的长处。牛僧孺《玄怪录》中《刘讽》一段，可以看出作者描绘人情世态及刻画人物的功力和叙事的技巧，已相当成熟：

文明年，竟陵掾刘讽，夜投夷陵空馆，月明下憩。忽有一女郎西轩至，仪质温丽，缓歌闲步，徐徐至中轩，回命青衣曰："紫绥，取西堂花茵来！兼屈刘家姨姨、十四舅母、南邻翘翘娘子，并将溢奴来。传语道：此间好风月，足得游乐。弹琴吟诗，大是好事。虽有竟陵判司，此人已睡明月下，不足回避也。"未几，而三女郎至，一孩儿，色皆绝国。于是，紫绥铺花茵于庭中，揖让班坐。坐中设犀角酒樽、象牙杓，绿罽花觯，白琉璃盏，醪醴馨香，远闻空际。女郎谈谑歌咏，音词清婉。一女郎为明府，一女郎为录事。明府女郎举觞酹酒曰："惟愿三姨婆寿等祁山，六姨姨与三姨婆寿等，刘姨夫得太山府纠成判官，翘翘小娘子嫁得朱余国太子，溢奴便作朱余国宰相，某三四女伴总嫁得地府司文舍人，不然，嫁得平等王郎君六郎子、七郎子，则平生素望足矣。"一时皆笑曰："须与蔡家娘子赏口。"翘翘时为录事，独下一筹，罚蔡家娘子曰："刘姨夫才貌温茂，何故不与他五道主使，空称纠成判官，怕六姨姨不欢，请吃一盏。"蔡家娘子即持杯曰："诚知被罚，直缘刘姨夫年老眼暗，恐看五道黄纸文书不得，误大神伯公事。饮亦何伤？"于是，众女郎皆笑倒。又一女郎起传口令，仍抽一翠簪："急说，须传翠簪，翠簪过令不通即罚。令曰：鸾老头脑好，好头脑鸾老。"传说数巡，因令紫绥下坐，使说令。紫绥素吃讷，令至，但称"鸾老，鸾老"。女郎皆大笑……三更后，皆弹琴击筑，更唱迭和。歌曰："明月清风，良宵会同。星河易翻，欢娱不终。绿樽翠杓，为君斟酌。今夕不饮，何时欢乐？"又歌曰："杨柳杨柳，袅袅随风急。西楼美人春梦长，翠帘斜卷千条入。"

这幅人情世态图，可与后来《聊斋志异》和《红楼梦》中的有关描写相媲美。这里写的女郎都是异类，但却是按照人类大家女子的样子来写的。不但写出了各自的性情和语言特点，还写出了他们各自的人生追求和种种心绪。作者并不掩饰故事的虚构性，而是不时地显示故事的虚幻性。他不追求见信于人，而追求以艺术魅力吸引人。可以说，牛僧孺的传奇创作进一步摆脱了传统史学和文学观念的束缚。

唐传奇小说重现实人生、重抒情寄意、重文采意想等方面的特点，是在继承前代叙事文基础上形成的。当然，唐传奇小说的产生并不仅仅是受到志怪、志人小说和史传的影响，而是在多种文体因素和时代因素的综合作用下产生的一种新的小说体裁。

贰

异军突起，绚丽多姿

——传奇的兴起

（一）社会经济和政治对传奇创作的促进

历史发展到唐代，整个社会生活都呈现丰富复杂的状态。社会经济生活的进步多体现在大城市的出现和发展。除首都长安、东都洛阳外，唐代著名的城市还有扬州、益州（成都）、杭州、广州、泉州等，其富丽繁华在唐人的文学作品中多有抒写。传奇作品中也多有反映，如《李章武传》写李章武到华州访友，租了王氏的屋子来住，与王氏子的妻子相爱，居月余，李章武花了三万余钱，子妇所供之费比他还多一倍，可见王氏可能是个富商。繁华的都市里聚集着贵族官僚、富商大贾和为他们服务的手工业者、小商贩、小吏、差役、兵士，以及求举应考的士子、侠、僧、道、妓女、乞丐等，构成生机勃勃的市民阶层。城镇居民日常闲暇时间的增多和对文化消费日益高涨的需求，促成了以讲故事来娱人耳目的小说开始繁荣。当时在城市里就流行着一种“市人小说”，大多是根据“说话”艺人的解说记下来的底本。在唐人著作中，有关“说话”的记载很多，表明当时宫廷、官府和民间都有“说话”活动。[1]这种流行在民间的小说往往成为传奇小说的题材来源，如白行简的《李娃传》就是根据民间的“一枝花话”写成的。一些思想解

[1] 徐君慧：《古典小说漫话》，巴蜀书社 1988 年版，第 30 页。

放的士大夫开始模仿民间市人小说进行创作，他们首先关注的，就是与他们的生活和精神需求密切相关的倡优婢妾、奴仆游侠和那些怀有奇技异能的工匠艺人。唐传奇作品中这类形象很突出，刻画得也比较生动。

随着经济的发展和繁荣，社会关系和阶级矛盾也发生了深刻复杂的变化，这也为小说创作提供了许多新题材、新主题。其中旧士族与新贵族的矛盾和传奇的兴起及创作有很密切的关系。我们读唐传奇，对其中的高门士族有很深的印象，大多是崔、卢、李、郑、王之类，他们是旧士族门阀势力的代表。从汉代一直沿袭下来的士族门阀制度，历经魏晋南北朝，形成了以鲜卑七姓——元（即拓跋氏）、长孙、宇文、于、陆、源、窦为核心的关陇集团，和以关东五姓——崔、卢、李、郑、王为核心的山东贵族集团。这两大集团之间的矛盾很深，各自只在内部通婚。属于关陇贵族集团的唐代统治者对山东旧士族采取排挤打压的办法，高宗曾经下令禁止五姓十家旧士族之间互通婚姻，却禁止不了。当时也有五姓女嫁给外族的，但其聘金数目是一般家庭难以承担的。这样，反对封建礼教、反对门阀制度、要求婚姻自主等主题，在传奇作品中就逐渐凸显出来。唐传奇中的名篇，如《李娃传》《霍小玉传》《莺莺传》都是这个主题的反映。在这个主题下，很多富有正义感的倡优婢女、奴仆游侠成为被赞颂的人物，市民阶层与贵族豪门之间的矛盾也得到形象的反映。说明很多士大夫在对市人小说或人间小说感兴趣，进而模仿它进行创作的过程中，他们的思想立场也在逐渐发生变化。这是唐传奇对它之前的小说质的突破。

此外，豪侠类传奇小说的出现也与当时的政治形势紧密相关。唐中后期，藩镇割据，互相提防仇视，常常蓄养一批刺客作为自己争权夺利的工具，因此暗杀之风盛行。这是当时的社会矛盾引起的报复行为。侠客可能被统治者利用，作为打击自己政敌的工具，如聂隐娘等。但一般来讲，豪侠刺杀的对象，往往是罪恶深重的奸臣恶霸之类。侠客们不畏强暴、重义气的品质很容易引起受压迫、受奴役的民众的喜爱和推崇。

在政治制度上，唐朝以文取士的科举制度和士子们“行卷”“温卷”之风促进了唐传奇的兴盛。唐代的考试科目，分为秀才科、进士科、明经科、明字科、明算科等，其中进士科考诗赋，最为清贵。进士出身的往往看不起明经及第的，因此，文士都千方百计要考中进士。但每年应考一两千人，只能录取二三十名，录取概率是很低的。为此，有的文士就采取“曲线救国”的路线，先寻求当时的名人显宦来赏识自己的才华，等自己有些声名，被录取的概率也就增加了。这种风气是这样的：

唐之举人，先籍当世显人，以姓名达之主司，然后以所业投献，逾数日又投，谓之“温卷”。如《幽怪录》《传奇》等皆是也。盖此等文备众体，可见史才、诗笔、议

论。至进士，则多以诗为贽。[1]

士子为了博得主考或文坛领袖的赏识，把自己得意的作品抄成卷子，拿去拜谒他们，就是“行卷”；过几天再送一些作品，叫“温卷”。这种情况在中唐时最普遍，虽说它对传奇创作的影响还有可议之处，但至少可以看出当时文坛上的显贵人物已经有嗜好传奇小说者。而且当时选拔人才，主要看赋（诗笔）、判（议论）、传（史笔）三种才能，传奇文兼具各种文体要素，又有动人的故事、曲折的情节，故能引起名人显宦的重视。同时，也有一些高官贵族借此机会拉拢一批新晋士人，排除异己，以扩大自己的政治势力。而士族门阀是反对庶族通过科举参政的，这就形成了统治集团内部的党争。党争过程中，就有一些人利用传奇小说对敌党进行构陷讽刺，如《补江总白猿传》《周秦行记》等据说都是由此产生的。晚唐咸通之后，党争渐渐平息，藩镇与宦官专权，传奇小说与科举制度的关系日益疏远，其诗笔、议论、史才合一的体制也发生了变化，最明显的变化，就是那些表明创作目的和主题的议论之辞逐渐消失了。

每一种文艺形式，它的产生、发展与衰落有自身的轨迹，但又是和当时社会的经济、政治情况紧密相连的。小说、戏曲

[1]（宋）赵彦卫：《云麓漫钞》卷八。

的构成要素决定了它需要更多的社会的、历史的、人生的和技巧的积累，也因此它的成熟比其他文艺形式要晚。小说经过长期的积累，到唐代，由于社会经济的飞跃发展，出现了市民阶层，阶级关系和政治制度的变化促使人们开始关注与自身利益密切相关的一些社会现象。在他们的审美趣味和消费要求的促进下，小说必然发生飞跃发展，唐传奇就是在这个时期出现的。

（二）社会思潮和文人心态与传奇创作的关系

唐代佛道思想盛行，佛教经过南北朝时期的盛行和发展，很多思想已经深入民间。道教奉李耳为祖，唐朝皇帝姓李，自认为是李耳的后代，封李耳为玄元皇帝。而儒家思想自汉代以来就是中国的主导意识形态。因此唐朝建国后，提出三教并重的策略。为了平衡三教之间的关系，很多儒生、道士、僧人常常被召集到御前去讲经说道，互相辩论，称为“三教论衡”。如《旧唐书·李泌传》记载在玄宗开元十六年（728），曾召集能言佛、老、孔子的人，互相答难于禁中，其中有一个叫员俶的孩子，才九岁，但答辩口才如水注，一座中人都为他倾倒。可见当时儒佛道思想的普及程度。

“三教论衡”的场面甚至还被排演成百戏节目。唐代高择的《群居解颐》记载咸通年间，有一个戏子李可及，善演滑稽

◎（明）丁云鹏《三教图》

谐剧，演技出众，他在延庆节时，就演出了三教论衡的场面。通过这样的普及，当时帝王、高官、士子和平民对儒佛道的思想大旨多有了解，形成了一种社会思潮。唐人传奇中很多作品或多或少都有这三教思想的影响痕迹。沈既济《枕中记》汪辟疆按曰："唐时佛道思想，遍播士流，故文学受其感化，篇什尤多。本文于短梦中忽历一生，其间荣悴悲欢，刹那而尽；转念尘世实境，等类齐观。出世之想，不觉自生。影响所及，逾于庄、列矣。"[1]唐传奇中像《枕中记》《南柯太守传》这类写梦境的作品很多，大多是表现佛道思想的，有的则是记写梦的奇异，如《三梦记》。

◎ 韩愈

佛教是外来宗教，很多唐代士大夫是排斥佛教的，韩愈就是排佛的代表。但在民间，很多寺院成了开办"俗讲"的剧场，向百姓宣传佛教教义，形式有说有唱，其底本称为"变文"。其内容除讲佛经故事外，也有一些非宗教的故事，如《后土夫人变》《舜子至孝变文》《大目连冥间救母变文》

[1] 汪辟疆校录：《唐人小说》，上海古籍出版社 1978 年版，第 39 页。

等。这些变文的文字还比较粗糙、幼稚，但由于内容切近人生，情节曲折，很受听众欢迎，佛教信徒由此大增。为了与佛教徒争夺信众和钱财，道教徒们也开始登坛讲道，此种盛况在唐代笔记和文人作品中有很多记载，比较有代表性的就是韩愈的《华山女》诗：

街东街西讲佛经，撞钟吹螺闹宫廷。
广张罪福资诱胁，听众狎恰排浮萍。
黄衣道士亦讲说，座下寥落如明星。
华山女儿家奉道，欲驱异教归仙灵。
洗妆拭面著冠帔，白咽红颊长眉青。
遂来升座演真诀，观门不许人开扃。
不知谁人暗相报，訇然振动如雷霆。
扫除众寺人迹绝，骅骝塞路连辎軿。
观中人满坐观外，后至无地无由听。

诗的前四句为我们形象地展现出佛教徒“俗讲”的盛况。中唐时期，京城长安处处都是佛教徒撞钟击磬、吹法螺、讲唱佛经故事的喧闹之声，一直响到九重宫闱之中去了。他们借宣讲佛经故事，大肆宣扬崇佛之福和世俗之罪，恣意地诱惑、恫吓听众，而听的人重重叠叠、密密麻麻，像水上的浮萍那样飘来荡去。而黄衣道士的讲座却没有几个人听。这时，忽然来了一个华山女道士，她一心要驱逐佛教，使群众皈依道教。于是她洗妆拭面，穿起华美的道家冠帔。红红的面颊，雪白的颈子，青黛的长眉，非常美艳。刚开始她只是在道观里升座讲道，叫人把大门关上，讲一些使人成仙的秘诀——演真诀，就是演讲道家经典。这位美艳的女道士正在讲道的消息，不知给什么人传了出去，一下子群众轰动，如雷震一般。在各个寺院里听讲佛经的人都走了，寺院空空荡荡。骑马的男子，乘车的妇女，都一齐涌到道观里来。道观里人坐满了，后来的人只好坐在院子里，院子里没地方了，以致很多人没机会听她讲道。这就是佛道二教极盛于唐代的形象描述。

佛教讲经和民间说唱变文的繁盛时期，恰好是传奇小说的黄金时代，这显然不是偶然的。在题材内容上，佛教故事为传奇小说提供了丰富的素材。如《大唐西域记》卷七关于“烈士池”的记载，便是传奇《续玄怪录》中《杜子春》故事的原型。郑振铎说《补江总白猿传》讲的故事与印度流行的《拉马耶那》的传说有很多相似之处，大概也是受到印度佛教的影响。在思想上，佛教所讲的今生苦难，世间一切皆是一场梦幻，今生的苦难是前世的因所导致的果，而今生的行为又是来世的因等，在唐人传奇中也有普遍的表现。已有学者指出，《长恨歌传》在叙述角度、结构等方面都受到《喜欢国王缘》的影响，《喜欢国王缘》是当时流行的一篇变文，主要讲一对贵族夫妇的生死离合，宣扬世间万事皆有因果，唯有皈依佛门才能超脱轮回之苦。[1]

道教祖述老庄，提倡清静无为、无营无欲，回返自然，于是创造出神仙的形象，来宣扬出世思想。《续玄怪录》中《张老》是这类作品中写得较有情致的一篇。故事讲的是扬州六合县有一位园叟张老，看中了邻居韦恕的女儿，委托媒人上门说亲。韦恕嫌弃张老贫贱，便说如果张老能在一天之内拿出五百缗就同意嫁女。谁知张老竟然按要求如数送来，韦恕只好把女儿嫁给他。张老娶了韦氏后，依然从事园业，他的妻子也从其躬耕，毫无愧悔之色。亲戚们都瞧不起他们，不久张老便携妻远去天坛山南。数年后，韦恕思念女儿，派长子去看望张老夫妇，这才知道张老原本是神仙。作品就从韦氏长子的角度，生动描写了仙境及其见闻：

初上一山，山下有水，过水连绵凡十余处，景色渐异，不与人间同。忽下一山，其水北朱户甲第，楼阁参差，花木繁荣，烟云鲜媚，鸾鹤孔雀，徊翔其间，歌管嘹亮耳目。……异香氤氲，遍满崖谷。……俄见一人，戴远游冠，衣朱绡，曳朱履，徐出门。一青衣引韦前拜，仪状伟然，容色芳嫩，细视之，乃张老也。言曰："人世劳苦，若在火中，身未清凉，愁焰又炽，而无斯须泰时。

[1] 陈允吉：《古典文学佛教溯缘十论》，复旦大学出版社 2002 年版，第 96—128 页。

兄久客寄，何以自娱？贤妹略梳头，即当奉见。”……其妹服饰之盛，世间未见。略叙寒暄，问尊长而已，意甚卤莽。有顷进馔，精美芳馨，不可名状。

这段文字写神仙世界的种种美好，反衬作品前半部分所展示的世态炎凉，借张老之口宣扬了道家出世思想和人世不足眷恋的意向。如果脱去神仙的外衣，这个故事还表达了贫苦人民婚姻不论门第、不论贫富、不论贵贱的幻想。

唐传奇兴盛时期是在中唐，当时的文人经历了初、盛唐的繁荣和中唐的由盛而衰，已经感受到了社会种种情态变化，预感到一些无法解决的社会问题和人生困惑。他们的心灵需要在现实以外的世界中求寄托。而小说正好提供了一种虚构的世界，可以让人们在其中幻想人生、解释人生，表达对于人生的种种愿望。此时，因果循环、神仙之事，虽然虚无缥缈，但士大夫们苦闷之余，也可以作为精神的寄托。因此，唐传奇作品中有大量直接描写神仙鬼怪的小说，也有以佛道思想寄托愤慨而创作的小说，如《裴航》《枕中记》《南柯太守传》等。

在艺术表现上，因受佛道二教的影响，唐传奇的想象力更为丰富，天上人间，异域仙山，广阔无垠，奇妙多姿。在语言表现上，佛教变文通俗平易的文风和韵散结合的形式，对传奇作品也有影响。

（三）文学叙事、抒情功能的发展对传奇创作的作用

中唐传奇的兴盛，还得益于前代及当时各体文学在表现手法上提供的丰富经验，如诗歌的抒情写意、散文的叙事状物、辞赋的虚构铺排等艺术技巧在传奇作品中多有运用。而诗歌对传奇的影响尤为明显，很多优秀的唐传奇作品中，诗歌的成分占了很大比重，诗文相映生辉，增强了传奇作品的感染力，使其具有诗意化的特点。唐传奇作者多是上层文人，具有较高的文化修养，除了写作传奇小说外，很多文人还写诗歌、散文、史书。在这些创作活动中，写传奇小说是副业，是出于娱乐消遣才写作的，因此，作家挥洒笔墨、寄情说理多无顾忌，很容易将自身具备的诗笔、史才和议论融会起来，用于创作传

◎ 白居易

◎ 元稹

奇小说。这样，唐代的诗歌、散文就潜移默化地影响着传奇小说。如白居易、白行简周围是一个诗人作家群，元稹、白居易等诗人把歌行与传奇配合起来，用以描写同一个故事，如元稹写《莺莺传》，李绅则写《莺莺歌》；白行简写《李娃传》，元稹则写《李娃行》；陈鸿写《长恨歌传》，是为白居易的《长恨歌》作传的。与白行简友善的李公佐也创作了多篇传奇小说，最有名的就是《南柯太守传》。可以说，唐传奇中这些名篇是在诗人和作家共同努力下产生的。初、盛唐时期，诗歌的地位高于小说，到后来，诗人参与传奇的创作和传播，既提高了传奇的地位，也扩大了传奇的影响。

古文运动的兴起及古文的兴盛，也促进了唐传奇作者叙事能力的提高。作为古文运动的提倡者，又是享有盛名的古文大家，韩愈创作了《毛颖传》《石鼎联句诗序》，柳宗元有《河间传》《李赤传》。这些在构思和技巧上已近于传奇的作品均具有古文的笔法和风格。很多传奇作家就是他们的门生，如沈亚之，当时以诗文著称，诗人李贺与之友善，称他为“吴兴才人”。他还擅长作史传体的叙事文，名篇如《旌故平卢军节士文》《歌者叶记》《表医者郭常》。沈亚之以全面的文学才能参与了传奇创作，作有《秦梦记》《湘中怨解》《冯燕传》等，都是用“古文笔法”写成的杰作。还有些唐传奇作品就是在模仿古文运动代表作家的作品基础上写成的。如李玫《纂异记》中的《杨祯》，收录在《太平广记》卷三七三，讲述进士杨祯因感到自己的居住环境繁乱嘈杂，长期借宿石瓮寺文殊院。有一天晚上，一个穿红裳的美丽女子到来，在帘外吟诗。杨祯问她是谁，女子便叙述了自己的身世：

> 某燧人氏之苗裔也，始祖有功烈于人，乃统丙丁，镇南方，复以德王神农、陶唐氏。后又王于西汉，因食采于宋。远祖无忌，以威猛暴耗，人不可亲，遂为白泽氏所执。今樵童牧竖，得以知名。汉明帝时，佛法东流。摩胜、竺法兰二罗汉，奏请某十四代祖，令显扬释教，封为长明公。魏武季年，灭佛法，诛道士，而长明公幽死。魏文嗣位，佛法重兴，复以长明世子袭之。至开元初，玄宗治骊山，起至华清宫，作朝元阁，立长生殿，以余材因修此寺。群像既立，遂设东幢。帝与妃子，自汤殿宴罢，微行佛庙。礼陀伽竟，妃子谓帝曰："当于飞之秋，不当令东幢岿然无偶。"帝即日命立西幢，遂封某为西明夫人。因赐琥珀膏，润于肌骨；设珊瑚帐，固予形貌。于是选生及蛾，不复强暴矣。

◎ 柳宗元

这段文字采用了史传文介绍人物的手法，来暗示红裳女子的本形和来历，其文体和笔法与韩愈的《毛颖传》极其相似。[1]它以时间为线索，把与灯有关的史实串联在一起，因而把人物的活动背景放在更深远、更扩大的时空环境中，反过来也赋予人物以丰富的内涵和意蕴。后文接着写红裳女晨去暮还，阴天晦暗时，不能来会，就赠诗给杨祯。杨祯的乳母听了这件事后，“乃潜伏于佛榻，俟明以观之”。文章至此揭开了谜底。这种构思是非常巧妙的，对红裳女与灯火的描写也极有情韵。类似的模仿《毛颖传》的传奇作品还有《东阳夜怪录》《宁茵》等。[2]

当然，唐代古文运动与唐传奇兴起的关系，并非仅限于作家作品的模拟上，还在于古文大家小说创作观念的变化。唐代小说的成就，在一定程度上得益于小说观念的变化所带来的创作思想的改变。而古文运动的主张之一，就是为小说争取合法的地位。韩愈的《毛颖传》作于中唐前期，在当时的文坛引起争议，被韩愈器重的张籍也批评《毛颖传》“为无实驳杂之说”，而韩愈则回答说只要不害于道，文章可张可弛。不久，柳宗元也站出来为韩愈申辩。他在《读韩愈所著〈毛颖传〉

[1] 李宗为：《唐人传奇》，中华书局1985年版，第166页。
[2] 李鹏飞：《唐代非写实小说之类型研究》，北京大学出版社2004年版，第85页。

后题》中说："世人笑之也，不以其俳乎？而俳者又非圣人之所弃也……《太史公书》有《滑稽列传》，皆取乎有益于世者也。"[1]这场争议让我们感受到，文学家要以一种驳杂不实的文体与史家共同承担"有益于世"的责任了，这种文体与史传有密切的联系，但也有根本的区别，就是不实性、虚构性。这种意向和观念无疑对唐传奇小说作家摆脱史书束缚，创作传奇意味的小说，是有启发作用的，后来韩愈的《毛颖传》广为流传，也证明了这一点。

娱乐消遣的创作动因和通俗的审美趣味的确立是贯穿于唐传奇的兴起、发展和衰落过程中的。从唐传奇的创作和流传情况来看，这种好讲故事的趣味最初由变文、俗讲的兴起而为诗人群体接受。如元稹在《酬翰林白学士代书一百韵》诗"翰墨题名尽，光阴听话移"句下注云："乐天每与予游从，无不书名屋壁。又尝于新昌宅说《一枝花》话，自寅至巳犹未毕词也。"可见当时士大夫阶层对民间俗文学的好尚。他们在闲谈中各征异说，消遣闲暇，很多传奇作品的末尾都明确点出了佐助谈笑、愉悦宾朋的创作意图。如写唐玄宗和杨贵妃的《长恨歌传》，作者陈鸿在篇末是这样说的：

元和元年冬十二月，太原白乐天自校书郎尉于盩厔，

[1] 《全唐文》卷五八六，中华书局 1983 年影印本。

鸿与琅琊王质夫家于是邑，暇日相携游仙游寺，话及此事，相与感叹。质夫举酒于乐天前曰："夫希代之事，非遇出世之才润色之，则与时消没，不闻于世。乐天深于诗，多于情者也。试为歌之。如何？"乐天因为《长恨歌》。意者不但感其事，亦欲惩尤物，窒乱阶，垂于将来者也。歌既成，使鸿传焉。世所不闻者，予非开元遗民，不得知。世所知者，有《玄宗本纪》在。今但传《长恨歌》云尔。

这个故事是在文人游宴时说起来的，是娱乐的题材，文人们觉得需要经过文笔润色才能传于后世。而《长恨歌传》的创作目的仅是解释《长恨歌》的，是帮助大家欣赏理解诗歌的，并且说明了故事是虚构的、想象的，与史书的实录不同。这样的表述显然给我们传达了这样的信息，即唐传奇小说的创作是文人间的文字娱乐活动，有意表现自己的才情文笔。这些传奇小说创作出来后，往往通过抄本流传，如李复言《续玄怪录》中《尼妙寂》一篇的写作，就是李复言在游巴南时碰见沈田，沈田把李公佐的《谢小娥传》抄本拿给他看，他看后把谢小娥的故事重新改写为《尼妙寂》。由此看来，当时文人讲说民间故事和写作传奇小说是一种风尚。另外，唐代郭湜的《高力士外传》也记述了唐明皇晚年困居西内，每日与高力士一起扫除庭院，或讲经议论，转变说话，靠听人说书消磨时间。可见民间俗讲对上层的侵入已经很广泛了。而好奇谈、重叙事、重情节的特征正是民间俗讲所追求的，传奇作家把这些审美追求与自己的文化素养和人生感悟结合起来，创作出一篇又一篇雅俗共赏的作品。到了晚唐，这种追求叙事趣味性和曲折性的兴趣达到极致，以至于很多小说作品没有明确的思想内涵，甚至也没有明确的感情倾向，似乎它并不希望激起读者的理性思考和情感波澜，而是在曲折叙事中感受愉悦和满足[1]，构成传奇很重要的对现实人生的关注被忽视了，传奇小说因此走向了衰微。

[1] 李剑国：《唐五代志怪传奇叙录·序言》，南开大学出版社 1993 年版。

叁

名家辈出，杰作纷呈

——传奇的发展与主题

（一）聚谈灵异，以传人事——从志怪到传奇小说的过渡

◎ 王度

由六朝志怪到成熟的唐传奇之间有一个过渡阶段，一般认为始于隋唐之际，经历了初、盛唐，属于传奇文的萌芽期。在这期间，出现了几篇介于六朝故事集与唐人传奇文之间的作品，那就是：见于《太平广记》卷二三〇的《王度》，又称《古镜记》。王度是唐初诗人王绩之兄，文中子王通之弟，太原祁县人。他于隋炀帝大业初年为御史，与汾阴侯生是师友关系，侯生临死时，把一面古镜赠给王度。大业八年（613）冬，王度以御史兼著作郎，奉诏编修国史；第二年秋出兼芮城令。大业十年（615），他的弟弟王绩辞官归家，请王度赠古镜以外出漫游，到大业十三年（618）夏，回到长安，还镜于度。不久，古镜在匣中悲鸣，王度开匣审视，古镜即失。这就是《古镜记》所记的主要内容。其中用十二个小故事重点叙述了古镜的灵验和降魅除妖之功，如使寄

居程雄家的婢女鹦鹉现出老狐原形而死；降服芮城令厅前盘踞枣树树心中的大蛇；杀大雄鸡妖，治愈张珂家女子的怪病；治愈李敬慎家三女的魅病，并杀死一鼠狼精、一老鼠精、一守宫精；等等。这些是六朝故事集里常见的故事，而《古镜记》则以古镜为线索，把琐碎的故事串联成了一篇。作者还把自己真实的家世、仕途和人事变迁夹杂其中，虚虚实实，铺张藻饰，恢宏文章。文字的表现力也较六朝志怪有很大的进步。如写鹦鹉之死，曲尽人情。汪辟疆认为王度这篇作品“实有所本。抑或有意综合六朝以来言镜异之说，以恢宏其文；而又纬以作者家世仕履，颠倒眩惑，使后人读之，疑若可信也”。并称其“侈陈灵异，辞旨诙诡，后人模拟，汗流莫及。上承六朝志怪之余风，下开有唐藻丽之新体。洵为唐人小说之开山也”。[1]就是说，在内容上，这篇作品还残存着搜奇志怪的倾向，但在铺陈描写上趋于细致生动。此外，作者已表现出以灵物传人情的创作意图，如古镜化为人形托梦至最后悲鸣而逝的描写，已经初步展现了传奇小说的特点。

《补江总白猿传》，无名氏所作，《太平广记》卷四四〇引此传，题为《欧阳纥》，下又注出《续江氏传》。此篇作者假托江总曾经作《白猿传》，故篇名有“补”“续”之说。作品叙述南朝梁大同末年，将军欧阳纥携妻南征，途中妻子被猿精窃

[1] 汪辟疆校录：《唐人小说》，上海古籍出版社 1978 年版，第 10 页。

去，他历尽艰险，终于在深山洞穴中找到妻子，并在被盗众妇的帮助下，杀猿救妇。但其妻已孕，生子名询，聪悟绝人，形貌却像猿猴。自宋以来，就有人说这篇小说是唐人为嘲讽欧阳询而作的。说欧阳询在唐初官率更令、弘文馆学士，与太尉长孙无忌经常互相嘲谑。长孙无忌嘲笑他长得像猴子，“耸膊成山字，埋肩畏出头。谁言麟阁上，画此一猕猴”。[1]欧阳询则抓住对方的胡人装束和面貌特征，予以回敬。可见这只是大臣之间互相开玩笑，并无中伤之意，不宜穿凿坐实。从内容上看，早在晋人张华的《博物志》中，就记叙了蜀山猿妖盗窃人间妇女的故事。唐人传奇中也有写猿化为美女并与人间男子结为夫妇之事，如顾瓊的《袁氏传》；裴铏《传奇》中的《孙恪》一篇，记叙孙恪遇到的猿精化身为一个美丽的女子，嫁给他后还为他生了两个孩子，后来她辞别孙恪，回归原形，入山而去。汪辟疆说：“唐时风气，往往心所不慊，辄托文字以相诟。”[2]《白猿传》的撰者大概有意把猿精故事和欧阳询的事情嵌合起来，使之更加人情化和形象化。在艺术上，《白猿传》是用简洁优美的古文写成的。这一点已经接近中唐传奇全盛时期的作品。在结构布局上，它以护妻——失妻——寻妻——救妻为线索，又借倒叙手法，交代了白猿的恶迹，补叙了白猿的生活习性和纥妻生子类猿的事情，并凸显了其人性的

[1] （唐）孟棨：《本事诗》嘲戏第七，又见《隋唐嘉话》卷中。
[2] 汪辟疆校录：《唐人小说》，上海古籍出版社 1978 年版，第 17 页。

◎《游仙窟》插图

一面：着素服，好读书，喜饮酒，善舞剑，又很健谈，预知不幸后，“怆然自失”。“因顾诸女，泛澜者久”，临终又“大叹咤曰：‘此天杀我，岂尔之能？’”在这里，白猿的行止与古代中国乃至西方的悲剧英雄有着惊人的相似之处。全文布局严谨，叙事曲折有致，已不同于《古镜记》平铺直叙、按年月连缀故事的简单手法。更为重要的是，这篇小说以史家人物传记的形式来写志怪类故事，这对唐传奇基本体制的形成具有开创性意义。

唐武后时，又有一篇比较有特色的作品《游仙窟》出现，作者是张鷟[1]，字文成。据说张鷟写这篇作品是记叙自己和武后的一段风流韵事，也有人说是文人的幻想虚构。文章以第一人称记叙了奉使河源，道中夜投一宅，遇五嫂、十娘，相见甚欢，笑谑宴乐，无所不至，尽情而别的故事。时间是从前一日傍晚到次日清晨，可以说这是文人对自己浪荡生活的自叙。按当时风习，“仙”是指艳冶女子，或妓女，所谓“神仙窟”是妓院的代称。此后唐人的《周秦行纪》《秦梦记》等，在情节上和《游仙窟》大同小异。从文体文辞上看，《游仙窟》不完全是古文，而近于骈俪文，在叙述中夹杂了很多诗歌，还运用了不少双关语、拆字诗等技巧。如“相知不在早”“不忍即分离”“一生有幸”和“谁能忍耐”，就是借身边摆放的枣、梨、

---

[1] 《旧唐书》卷一四九《张荐传》，《新唐书》卷一六一《张荐传》有传。

杏、柰等水果来咏叹寄情，笔调活泼细腻，但思想境界不高，有很多情色描写，如“自怜胶漆重，相思意不穷；可惜尖头物，终日在皮中（下官咏刀）”“数捺皮应缓，频磨快转多，渠今拔出后，空鞘欲如何！（十娘咏鞘）”等等。这种男女之间露骨的挑逗谑弄有浓厚的民歌情调，也间接保存了很多唐代民间口语。《游仙窟》在中国散失很久，后在日本发现传本。[1]

◎《游仙窟》插图

[1] 徐君慧：《古典小说漫话》，巴蜀书社 1988 年版，第 30 页。

这篇作品在日本引起很大的反响。《游仙窟》是唐传奇中字数最多的一篇，也是此期传奇作品中艺术成就较高的一篇，它完成了从志怪小说到传奇小说的过渡。与此前作品相比，它的叙事描写由粗略到细腻，文辞骈俪浮艳，篇幅铺排漫长，行文诗文间杂，显示了它与俗赋、杂赋的承接关系，是小说领域内一次新的尝试，已经具有后来成熟期传奇作品的体貌了。

（二）亦真亦幻，情事独步——传奇小说的鼎盛时期

从大历到元和（766—820），也就是中唐时期，传奇创作有了飞跃发展，进入了鼎盛时期。在这一时期，很多著名的文人开始创作传奇，如陈玄祐、沈既济、李朝威、李景亮、许尧佐、白行简、李公佐、陈鸿、元稹、沈亚之、蒋防等，他们的参与提高了传奇的艺术水平，也刺激了传奇的兴旺；还出现了像李公佐、沈亚之那样长期写作传奇的文人；对后代影响较大的作品，如《离魂记》《柳毅传》《南柯太守传》《会真记》等也出现了。就题材看，这一时期的作品中，涉及爱情、历史、政治、梦幻、神仙、豪侠等诸多方面，而爱情小说取得了巨大的成功，也是唐传奇最高成就的代表。正如郭箴一先生指出的：“在唐以前，中国向无专写恋爱的小说。有之，始自唐人

传奇。就是唐人所作传奇，也要算这一类最为优秀。”[1]就作品中的恋爱女性而言，仙鬼狐妖、贵妃宠姬、倡伎优伶等纷纷登场，从各个层面演绎世态人情。宋人洪迈云：“唐人小说，不可不熟，小小情事，凄惋欲绝。洵有神遇而不自知者，与诗律可称一代之奇。”[2]清人章学诚云：“唐人乃有单篇，别为传奇一类（专书一事始末，不复比类为书）。大抵情钟男女，不外离合悲欢。红拂辞杨，绣襦报郑，韩、李缘通落叶，崔、张情导琴心，以及明珠生还，小玉死报，凡如此类，或附会疑似，或竟托子虚，虽情态万殊，而大致略似。其始不过淫思古意，辞客寄怀，犹诗家之乐府古艳诸篇也。”[3]洪、章二人趣舍不同，而用情爱题材指代唐人小说却如出一辙。可以说，对情爱题材的偏嗜成为唐人小说的一大特点，甚至淹没了其他题材，成为唐人小说的代称。

大历间陈玄祐所作《离魂记》还带有初期传奇文的草率状态，但它是传奇步入兴盛期的标志性作品。文章记叙张镒女倩娘与王宙相恋，但张镒又把女儿许嫁他人，王宙郁郁而别。倩娘追赶王宙一起逃亡，生有二子。后来倩娘想念家人，王宙陪她回家省亲，却看见家中还有一个倩娘卧病在床，闻声自起

[1]　郭箴一：《中国小说史》，商务印书馆 1939 年版，第 137 页。
[2]　陈世熙辑：《唐人说荟·例言》，上海扫叶山房民国十一年（1922）石印本。
[3]　（明）章学诚著，叶瑛校注：《文史通义》卷五《内篇·诗话》，中华书局 1994 年版，第 560-561 页。

相迎，两个倩娘遂合为一体。原来追随王宙而去的是倩娘的魂。这个故事脱胎于南朝《幽明录》中的《石氏女》[1]，但篇幅约长一倍，虽然情节简单，描写也不够生动，却以奇幻的浪漫手法突出了爱情主题的渲染，并借倩娘之口诉说了女子“弃大义而奔君”的追求爱情的态度，预示着以后大量爱情小说的兴起。唐传奇中还有很多与此篇类似的作品，如《灵怪录》之《郑生》、《独异记》之《韦隐》、《玄怪录》之《齐推女》等，构成了传奇中“离魂相依”的母题。元代郑德辉《倩女离魂》杂剧就是根据这个故事改编的。明代汤显祖《牡丹亭》写杜丽娘死后灵魂与柳梦梅相恋，其表现手法显然也是受此类故事的启发。《聊斋志异》中的《阿宝》也是以离魂来写多情。

大历（766—779）时，出现了沈既济这样一个大力从事传奇文创作的作家。他是苏州吴人，因杨炎推荐，召拜左拾遗、史馆修撰，是一个良史之材，曾作《建中实录》10卷。他所写的传奇作品《枕中记》和《任氏传》，皆大行于世。《任氏传》完整地描写了狐妖任氏与贫穷落拓士人郑六恋爱的过程，以人物传记的形式塑造了一个人情化的精魅形象。《任氏传》收录在《太平广记》卷四五二中，是其中近百则狐仙故事中篇幅最长的一篇，在思想内容和艺术技巧上也超越众作。它不是单纯写精怪，而是借精怪写人，写人生和社会。文章一开始就着力

[1] （宋）李昉等编：《太平广记》卷三五八，上海古籍出版社1990年版。

渲染了任氏外貌的美："其妍姿美质，歌笑态度，举措皆艳，殆非人世所有。"而郑六的亲戚韦崟闻知任氏绝色，依仗富贵去调戏她，甚至施以暴力，而任氏终不屈服，并责以大义：

> 韦岑曰："何色之不悦？"任氏长叹息曰："郑六之可哀也！"岑曰："何谓？"对曰："郑生有六尺之躯，而不能庇一妇人，岂丈夫哉！且公少豪侈，多获佳丽，遇某之比者众矣。而郑生，穷贱耳。所称惬者，唯某而已。忍以有余之心，而夺人之不足乎？哀其穷馁，不能自立，衣公之衣，食公之食，故为公所系耳。若糠糗可给，不当至是。"

这一段叙述不仅从内在精神上描写了任氏富贵不能淫、威武不能屈的性格风貌，也使故事气氛由紧张急迫突变为肃穆庄重，富于戏剧性。韦岑最后为任氏的智慧刚烈所折服，因此改变了对她的态度，爱她又尊重她，常以衣食接济郑六和任氏；任氏对此也知恩图报，千方百计帮他招致所喜欢的张十五娘和宠奴。后来郑六将往外县赴任，邀任氏同去，她明知有危险，却为了不拂郑、韦二人的深情恳请，终于随行，而被猎犬咬死，表现了她的温婉多情。所有这些都让我们觉得任氏是现实生活中聪明美丽、坚贞刚强、可爱多情的女子的代表，是作者进行艺术概括的结果。这标志着狐妖精魅已演化为具有一定社会典型意义的艺术形象，使神怪题材的小说进一步向富有人情味、更具现实性的方向发展了。

李朝威所作的《柳毅传》，也是一篇既有奇异的情节、浓厚的神话色彩，又能刻画出鲜明的人物形象的作品。故事的中心人物是柳毅，叙述他赶考落第，在返乡途中遇龙女，因同情其不幸的婚姻生活，而为龙女传书，解救了苦难中的龙女，后来几经周折和龙女结为夫妇的故事。作品着重刻画了柳毅救人于危难之中，追求义行的思想性格。最初，面对龙女的请托传信，他自称："吾义夫也。闻子之说，气血俱动，恨无毛羽，不能奋飞。是何可否之谓乎！"他的"义"表现在对龙女不幸遭遇的感同身受，不避艰辛，不杂私欲，纯出义愤。他接受了龙女的重托之后，就严守诺言，返家后即到洞庭龙宫传书，受到龙女父母的热情款待，但他始终非常谦逊，没有居功求报的意思。最动人的是，当钱塘君将龙女救归洞庭，以威临之，欲将龙女嫁给他时，他不屈于威武，严词峻拒，表现了其大无畏的精神。当龙女跟他美满结合时，问起柳毅当初的心思，柳毅这样回答：

◎ 柳毅井

然自约其心者，达君之冤，余无及也。以言慎勿相避者，偶然耳，岂有意哉。洎钱塘逼迫之际，唯理有不可直，乃激人之怒耳。夫始以义行为之志，宁有杀其婿而纳其妻邪？一不可也。某素以操贞为志尚，宁有屈于己而伏于心者乎？二不可也。

可见柳毅始终以坚守道义为立身准则。这样的追求大有司马迁笔下游侠们“已诺必诚，不爱其躯，赴士之厄困，既已存亡死生矣，而不矜其能，羞伐其德”[1]的风貌。除此之外，作品还描写了龙女及洞庭、钱塘二君身上所具有的“义”。龙女的“义”主要表现在受恩图报上。她追求爱情的过程就是报恩的过程，也是表现她的义行和义气的过程。洞庭君和钱塘君虽然性格迥然不同，但对柳毅救助龙女的侠义行为和高尚品质，都是十分赞赏和感激的。由此，文章在“重义”这一点上把他们聚合起来，表达了一种理想的人与人之间的关系。

《柳毅传》在思想上为我们诠释了爱情与操守的关系：柳毅为了救助龙女，克服了很多困难，表现得非常顽强坚定；而龙女为了报答他的救助，也克服了很多困难，同样表现得非常顽强坚定。两个人都是十分重义的，他们的爱情是建立在

[1] （汉）司马迁：《史记》卷一二四，中华书局 1959 年版，第 3181 页。

“义”的基础上的。而由义生情、情义结合的过程是曲折的：柳毅在拒绝了钱塘君的逼婚后，离开龙宫之前，龙女母女的依恋不舍深深打动了他，不免生出懊悔之情，“殊有叹恨之色”。此时柳毅对龙女产生的爱慕之情是真实的、合情合理的，但又与他坚守信义、不畏强暴的性格形成了矛盾冲突，“终因人事扼束，无由报谢”。而龙女被拒绝后，一直密切关注柳毅的生活与行踪，在化身卢氏与柳毅成婚后一直不敢暴露自己的身份，直到生了儿子以后才说破：

> 妇人匪薄，不足以确厚永心，故因君爱子，以托相生。未知君意如何？愁惧兼心，不能自解。

这段话深刻细致地揭示出龙女在追求爱情与坚守信义统一过程中的复杂心态：她是不同于人的异类，又经过一次不理想的婚姻，在柳毅面前自感卑下，柳毅的拒绝也使她不能确定他对自己爱慕的程度，既害怕受人轻视，又担心自己的情义之举违背柳毅的守义之心，即使已结为夫妇，仍害怕不能永远相守，因此内心备受煎熬。她说这番话，既包含了侠义之心，也表达了爱恋之情，面面俱到，不卑不亢，而又善解人意，并无乞怜之态，同时也显示了龙女追求爱情的执着，为此她一直等待机缘：化身卢氏使自己脱去异类之形，并在柳毅丧妻鳏居、谋求再娶时派人说媒，既不违背义行，也符合人事之礼，于此

◎ 柳毅镜

柳毅亦生感叹："吁，今日，君，卢氏也，又家于人间，则吾始心未为惑矣。"最终两人美满结合，使受恩之人与侠义之士都得偿所愿，又达到情与义的统一，因而使这两个人物闪耀着理想的光辉和异彩。

在刻画人物性格方面，龙女、洞庭君和钱塘君的形象都体现出人格化的特点，它们本是神话和民间传说中的龙类，龙王发怒就会有水灾，而作者又赋予他们美好的人的性格、思想和修养，如洞庭君常向太阳道士学习“人理”，为人谦和大度；钱塘君性格刚暴，但也懂得凡事须讲“礼义”；等等，从而实现了自然性和社会性、通俗与雅正的有机结合。总之，《柳毅传》通过形神兼备的人物形象塑造和波澜起伏的情节描写，将灵怪、侠义和爱情成功地结合在一起，展现了奇异浪漫的色彩和清新俊逸的风神，是唐传奇中不可多得的佳作。因此到了金元时期，以“柳毅传书”为代表的龙女与人恋爱的故事成了最流行的戏曲题目，如元代尚仲贤有《柳毅传书》、李好古有杂剧《张生煮海》。明黄惟楫的《龙绡记》、清李渔的《海蜃中楼》等，都是同一主题的剧作。据说，今太湖柳毅井上的字就是明代王鏊题写。可见，这个故事民间传说的色彩很浓厚。

国家邮政局于2004年7月17日发行了志号为2004-14T的《民间传说——柳毅传书》特种邮票1套4枚。分别是：（4-1）80分 龙女托书；（4-2）80分 传书洞庭；（4-3）80分 骨肉团聚；（4-4）2元 义重情深。同日发行了小本票编号为（27）2004的《民间传说——柳毅传书》特种邮票，本票1本。

从贞元中期到元和末年的二十年间，传奇领域又崛起了白行简、元稹、蒋防等大家，他们创作的《李娃传》《莺莺传》《霍小玉传》完全摆脱了神怪之事，都是以人间真实的恋爱故事为题材创作的，这表明传奇文学又有了进一步的发展，达到了真正成熟的地步。除此之外，尚有许尧佐的《柳氏传》、李景亮的《李章武传》、薛调的《无双传》、皇甫枚的《飞烟传》、房千里的《杨娼传》等，也是着力表现人世间男女之情的作品。

白行简（776—826）是白居易的弟弟，字知退，元和二年（807）进士及第，后来历任左拾遗、司门员外郎、主客郎中等职。《李娃传》约作于贞元十一年（795），故事来自当时已在民间和文人口头流传的“说话”《一枝花》。讲的是天宝中常州刺史荥阳公的公子郑生，赴京举秀才时恋上长安名妓李娃，在一年多的时间里，耗尽资财。李娃与假母设计甩掉了公子，弄得他愤懑成疾，流落街头，后沦为唱挽歌的歌郎。一次与人赛歌时被他的父亲发现，责其玷辱家门，鞭打至昏死并将他丢弃。从此他便沦为乞丐。在一个风雪交加的日子，公子沿街哀号乞食，恰好到了李娃的居所，李娃闻声而出，看到公子潦倒困苦的惨状，甚是悔恨自责，于是以平生积蓄向假母赎身，与公子租屋同居，勤力调养公子身体，鼓励他读书应举。后来公子进士及第，授成都府参军。刚好他的父亲任成都尹，于是父子相认。公子赴任前夕，李娃要求公子另娶士族之女，自己情愿以残年奉养假母。公子的父亲荥阳公知道事情的经过后，对李娃甚是激赏，力主公子备六礼迎娶李氏。十余年后公子升官至方面大员，李娃治家严整，所生四子均为朝廷大官，后被封为汧国夫人。所以《李娃传》又被称为《汧国夫人传》。

这是一篇从内容到形式完全清除了志怪气息的小说。它所反映的是此后传奇小说中最常见的士子与妓女的爱情故事，并在写男女主人公的悲欢离合的同时，涉及社会上的各色人等，从而展现了广阔而复杂的社会生活和人情世故。作品围绕李娃，写了侍女、假母、李姨，展示了都市妓院生活的一般面貌；围绕荥阳公子写了荥阳公、乳母之子、布政里的旅店主人、凶肆长、唱挽歌的师傅、与之赛歌的长髯者等，揭示了门阀等级观念造成的人与人之间的冷酷无情及城市下层人民对遭遇不幸者的同情和救助。这些辅助面的描写，既与男女主人公的命运紧密联系，又大大丰富了作品的内容，增加了它的厚度。《李娃传》的创作主旨是“嗟乎！娼荡之姬，节行如是，虽古先烈女不能逾也”。实际上，作品还通过女娃这个形象探讨了情、义、利的关系及其在现实生活中的演进之迹。在义利之间，李娃先是取利舍义，与假母互设诡计驱逐荥阳生；后来在荥阳生沦为乞丐后，她善良的人性复苏，义战胜了利，最终在不负义的基础上两情结合。李娃的假母说：“男女之际，大欲存焉。情苟相得，虽父母之命，不能制也。”原意虽然是在煽动荥阳生入套，但也可看作那个时代争取爱情自由的呼声。大团圆的结局回避了尖锐的现实矛盾，并成为后世戏曲小说经常套用的一种模式。但它也确实反映了人们善良美好的愿望，即希望久经磨难的情侣最终得到理想的结局，而读者也从中得到一种精神上的满足。

从小说艺术来说，《李娃传》具有相当高的成就。全篇没有荒诞离奇的情节，但处处充满了令人称奇的艺术描写。它的“奇”主要表现在：其一，小说主要人物李娃的性格比此前的传奇作品显得更丰富、更真实。小说一开头就称其“节行瑰奇，有足称者”，是作者要热情歌颂的对象。但作者并没有将她的性格作简单化处理，而是先写了她作为一个流落风尘二十年之久的娼女，在荥阳生钱财花尽时，镇定自若地设计了一场骗局，无情地抛弃了他。这是李娃思想性格中很不好的一面，但它是真实的，是由李娃的生活环境和谋生性质所决定的。她是久落风尘的烟花寨中的老手，在长期屈辱的卖笑生活中，学会了一套引诱、取悦、玩弄和欺骗贵公子的恶劣手段；由于阅历丰富，入世较深，因而做起事来显得精明老练。作者忠于生活，按生活的本来面目去写，因而写出了真实的有血有肉的人物。当李娃目睹荥阳生陷入极度悲惨的境地时，内心受到强烈的冲击，她自责道：“且互设诡计，舍而逐之，殆非人。……况欺天负人，鬼神不祐，无自贻其殃也。”这种发自内心的愧悔唤醒了她那被妓女生涯所掩盖了的善良天性，她对荥阳生说：“今之复子本躯，某不相负也。”于是她机智果断地对自己和荥阳生将来的生活作出了妥善安排。在这一过程中，先前对李娃无情负义的描写为后来悔过赎罪的情节作了铺垫，她的性格特征既有承接又有变化。不变的是她处事的精明、老练和冷静。她先是细心照顾公子，帮助他康复身体，继而劝他恢复求举学业，耐心地陪伴他购书、读书。过了两年，“海内文籍，莫不该览”时，荥阳生认为可以报名应考了，娃曰：“未也。且令精熟，以俟百战。”又经过一年，才对荥阳生说：“可行矣。”荥阳生果然“一上登甲科”，声名鹊起。而此时李娃却说：“未也。今秀士，苟获擢一科第，则自谓可以取中朝之显职，擅天下之美名。子行秽迹鄙，不侔于他士。若砻淬利器，以求再捷，方可以连衡多士，争霸群英。”在她的劝说和精心安排下，荥阳生更加勤苦学习，终于在大比之年，策名第一，做了成都府参军。这些都表现出李娃世事练达、沉稳理智、审时度势、行动果决的气度。而李娃性格中善良真诚、有情有义的一面恰恰也在这里凸显出来。她帮助公子完成功业后，要求他别求高门名媛，表明她对当时等级森严的门阀婚姻有清醒的认识，知道像她这样出身低贱的妓女绝不可能与当了官的豪门子弟结合。明知如此，还要那么热情、真诚地救助荥阳生，说明她确实别无所求，是出于不负义，以及不能割断的旧情。

其二，它的故事情节比以往任何小说都要复杂，波澜曲折，充满戏剧性的变化，而结构非常完整，叙述十分细致生动，引人入胜。整篇小说的情节，是以荥阳生和李娃之间的关系作为线索来组织的，在分分合合中以富贵荣华的大团圆结局为终结，期间对荥阳生的遭遇描写得尤为曲折。作者先写二人由合而分。荥阳生被骗的过程是骇目惊心的，当他返回李娃旧宅发现大门紧闭时，“大骇，诘其邻人”，继而“忿怒方甚，自昏达旦，目不交睫”。第二天一大早，诘问李姨居所，才知道

◎ 元杂剧《李亚仙花酒曲江池》插图

被骗，“生惶惑发狂，罔知所措”，“生怨懑，绝食三日，遘疾甚笃，旬余愈甚”。此时，布政里旅店的老板怕他病死，就把他抬到凶肆，读者本来以为他会病死凶肆，而“合肆之人共伤叹而互饲之”，不久竟能扶杖而行。这是不幸中的大幸。他意外地在赛歌时遇到父亲，读者不禁为之一喜，以为荥阳生的命运会有好转，但出人意外地是荥阳公将其毒打一顿，弃之而去。凶肆众人将其救活后，也患其命不久矣，于是他又被弃于道旁，落入更悲惨的境地。沦为乞丐的荥阳生在雪中乞讨又遇见了李娃，这是离而又合，由此情节转入柳暗花明的境界。在李娃帮助下荥阳生终于功成名就，在其赴任途中，李娃为其送行，即将离去，就在将离未离之际，荥阳生的父亲再次出现，并最终促成二人的美满婚姻，故事最后画上了完满的句号。

其三，虽然小说本身出于虚构，但在叙述故事的过程中，有很多真实动人、描写细腻的细节，显现出一种生活气息。如小说写荥阳生第一次看到李娃，见她“回眸凝睇，情甚相慕”。他日再访时，他明知故问地询问侍儿：“此谁之第耶？”侍儿不答，驰走大呼曰：“前时遗策郎也！”这里看似写的是侍儿，实际上表现的是李娃。从这句话，我们便知道，在他们第一次相遇后，李娃曾经同侍儿谈论过假装把马鞭掉在地上的荥阳生，并且盼望他能再来。接着小说就写李娃大悦曰：“尔姑止之，吾当整装易服而出。”喜出望外之情呼之欲出。我们由此也感觉到李娃对荥阳生的“回眸凝睇，情甚相慕”是出自真情，对他的思念之情就在侍儿“驰走大呼”四个字中暗示出来，又与下文她闻听荥阳生的乞讨声，辨音而出，“抱其颈，以绣襦拥而归于西厢”的怜惜痛悔之情，前后呼应。此外，小说中关于东肆、西肆赛歌的描写，也是很精彩的：先极力渲染长髯者的从容得意，受到众人的喝彩赞美，让人觉得他的确是“独步一时，不可得而屈”；然后写荥阳生从容不迫的神情意态，他“举声清越，响振林木，曲度未终，闻者歔欷掩泣”。在对比中显示出了荥阳生高超的技艺，唐代城市平民生活的景象也栩栩如生地展现在我们面前。

◎ 明刊本《绣襦记 · 鸣珂嘲宴》插图

《李娃传》已经没有骈文的气息，它全篇散行，不用诗歌，与《柳毅传》诗文相杂、多用诗歌相比，是一个新特点。

这篇小说在当时就产生了很大影响。元稹为之作长诗《李娃行》。[1]后世小说、戏剧取材于它的，有宋小说《李亚仙不负郑元和》、明小说《郑元和》和元高文秀的《郑元和风雪打瓦罐》、石君宝的《李亚仙花酒曲江池》杂剧，明薛近兖的《绣襦记》传奇等。

元稹的《莺莺传》是唐传奇中的名作，它对后来文学艺术的影响及其在读者中的反响，在唐人小说中罕有其匹。因传中有赋《会真诗》的内容，俗亦称《会真记》。自它产生以后，除众多文人的题咏外，单是宋元以降改编为民间说唱文学和戏曲的作品，就不下几十种。如宋赵德麟的《元微之崔莺莺

◎（明）陈洪绶《西厢记·观简》插图

[1] 已佚，中华书局版《元稹集》外集卷七收有残句。

商调蝶恋花词》、金董解元的《弦索西厢》、元王实甫的《西厢记》、明清人的《南西厢》《翻西厢》《续西厢》等，一直到今天舞台上演出的《拷红》《佳期》或《红娘》之类，几乎是中国的一部戏曲史。

故事大略叙述张生东游蒲州，寓居普救寺，恰好他的表姨郑氏携女崔莺莺将归长安，也借住在寺中西厢。这时，绛州节度使浑瑊死，军队发生骚乱劫掠。张生与其将领友善，保护了她们母女。暴乱平定后，郑氏设宴答谢张生，并命其女莺莺出来答谢救命恩人，张生对莺莺一见倾心，但莺莺很矜持自守，在宴席上始终不发一言。张生只好求助于莺莺的婢女红娘，在她的帮助下，张生以诗传达爱慕之情，莺莺也用漂亮的彩笺题写《明月三五夜》回赠张生，诗曰："待月西厢下，迎风半户开。隔墙花影动，疑是玉人来。"张生喜出望外，晚上攀上杏花树翻墙而往。谁知莺莺见了他，是端服严容，责以非礼。张生绝望而归。几天后的一个夜晚，莺莺又主动到张生处以身相许，二人幽会累月。后来张生赴京应考，莺莺预感将要诀别，于是对一旁愁叹不已的张生说了这样一番话：

始乱之，终弃之，固其宜矣！愚不敢恨。必也君乱之，君终之，君之惠也，则殁身之誓，其有终矣。又何必深感于此行？

这番话实际是通过莺莺之口剖析张生此时的内心活动。莺莺感到张生的不可信，他的愁叹是有话难以启齿，于是莺莺代他说了出来。意思是说，始乱之，终弃之，誓言有终，都是我早就知道的结局，我像接受恩惠一样接受它们，你不必感到自责。这里，她的坦然，她的敏感，她的坚强，她的气度，让人感到何等惊奇！从此她便与张生断绝联系。张生落第后曾给莺莺写信致意，莺莺竟然给他复信，情辞哀婉缠绵，倾诉了自己的痛苦。张生与友人传看，无不惊叹。诗人杨巨源写有《崔娘诗》，元稹写了续张生的《会真诗三十韵》。最后，张生抛弃了莺莺，他的理由是：

◎ 明刊朱墨本《西厢记》插图

大凡天之所命尤物也，不妖其身，必妖于人。使崔氏子遇合富贵，乘娇宠，不为云为雨，则为蛟为螭，吾不知其变化矣。昔殷之辛，周之幽，据百万之国，其势甚厚。然而一女子败之，溃其众，屠其身，至今为天下僇笑。予之德不足以胜妖孽，是用忍情。

这段话被当时人称为“善补过”，却把张生不敢承担责任、自私虚伪的个性暴露无遗。他认为莺莺对他追求富贵利达无所助益，甚至还会成为某种障碍，为了自己的切身利益他可以抛弃真情。

一年多后，张生与莺莺已各自嫁娶，张生偶过其家，以表兄身份求见，莺莺赋诗拒之，二人遂“绝不复知”。

近现代许多学者都认为《莺莺传》中张生的原型就是元稹本人。小说所述张生行事与作者元稹的生活经历和思想性格基本相合，故在某种程度上可视为元稹的自叙传，是作家以自己深切的生活体验为基础，通过艺术的想象和虚构进行的艺术创作。本来人世间的琐碎情事已经够丰富曲折的了，再加上小说家的提炼加工，往往能感人肺腑。

这篇作品所描述的男女之情，是一对青年男女在彼此喜爱倾慕的基础上主动结合的情感历程，虽然时间很短暂，男子对女子也是“始乱终弃”，却深刻细腻地揭示了这种自由恋爱的情感在封建时代的必然结局。小说中崔莺莺的形象是一个有鲜明个性且有独特思想的女性形象。作者着意刻画的是她丰富复杂的感情。因为任情而深情，她做出了很多惊人之举。如对张生的传情，她先是严词拒绝，不料几天后，竟然在红娘陪同下跑到张生的居所幽会。之后十余日，音信杳然，在张生赋《会真诗》后，又复容之。第一次短别时，她“宛无难词，然而愁怨之容动人矣”。第二次别离，她“阴知将决矣”，主动为张生弹琴，曲不能终，“投琴，泣下流连，趋归郑所，遂不复至”。作者通过这些情节写出了她那难于捉摸、难于把握、难于表现的微妙的内心世界。小说真实生动地揭示了一个有独特身份、地位的封建时代的贵族少女，追求爱情但又难以冲破自身封建礼教思想束缚的复杂感情和微妙心理。莺莺含而不露的性格和才情，小说中有明确的概括：

大略崔之出人者，艺必穷极，而貌若不知；言则敏辩，而寡于酬对，待张之意甚厚，然未尝以词继之。时愁艳幽邃，恒若不识。喜愠之容，亦罕形见。异时独夜操琴。愁弄凄恻。张窃听之。求之，则终不复鼓矣。

她的内心情感是那样丰富婉曲，又是那样深沉隐蔽；她是那样矜持贞守，又是那样任情任性；她是那样自尊自重，谨慎自保，又是那样孤傲自卑，大胆倔强，这样极端矛盾、才情双绝的性情，与一般女子确实不同，而有点魏晋名士的风度。大概也是从这一点上，作者称其为“尤物”，始而为其独特的美所打动，主动亲近，最终却为情所苦，找了借口将她抛弃，并自称这样做是“忍情”，是“善补过”。尽管这是为张生文过饰非的话，但作品的形象描写和旁观者的感受，都传达出

◎ 莺莺

对莺莺的同情。可以说，作者对莺莺的情感在内心深处是敬慕的，因而久久不能忘怀，最终演为小说以纪念。明代的李贽曾高度赞扬《莺莺传》的写情艺术，他说："尝言吴道子、顾虎头，只画得有形象的。至如相思情状，无形无象，微之画来，的的欲真，跃跃欲有。吴道子、顾虎头，又退数十舍矣。"[1]传写人情之曲，曲尽其妙，是这篇作品所传达的奇。

《霍小玉传》是继《莺莺传》之后的又一部爱情悲剧，也是中唐传奇的压卷之作。作者蒋防，字子微（一作子征），义兴（今江苏宜兴）人，元和中历任拾遗、补阙，长庆元年（821）因元稹、李绅推荐，为翰林学士，后被贬为汀州刺史、袁州刺史等。蒋防善诗文，而传世之作则为小说《霍小玉传》。关于《霍小玉传》的创作动机，卞孝萱认为是蒋防为了迎合元稹、李绅的政治需要，有意攻击李益而作，是早期牛李党争的产物。[2]从内容上看，《霍小玉传》与《李娃传》一

[1] 《虞初志》卷五，上海书店 1986 年版。
[2] 卞孝萱：《唐代文史论丛》，山西人民出版社 1986 年版。

◎ 霍小玉

样，写的也是士子与娼女的爱情，但《李娃传》是个喜剧，《霍小玉传》则是悲剧。小说的男主人公是李益，大历、贞元时著名的诗人。《旧唐书》中有他的传，说他少有痴病，性多猜忌，对妻妾防范很严苛，以至于当时人称妒痴为“李益疾”。小说中的李益也有这样的性格。他出身名门望族，风流自赏，请媒人求娶佳偶。霍小玉原本是霍王庶出的小女，因母亲是霍王的侍女，地位低贱，小玉终于被众兄弟赶出王府，沦为妓女，与母别居于外，欲“求一好儿郎格调相称者”。小玉与李益欢会之初，就从自己以往的遭遇中预感到自己“一旦色衰，恩移情替”的命运。在李益登科受职，准备回家省亲时，她提出只与李益共度八年幸福生活，而后任其另择高门，自己则甘愿出家为尼。李益答应四个月后便来迎娶小玉。谁知李益的母亲早已为他和甲族卢氏定亲，李益不敢违抗母命，而忙于筹备聘礼。小玉相思成疾，散尽积蓄打听李益的消息，李益则避而不见。李益的薄行激起一位黄衫豪客的愤怒，他将李益强拉到小玉的住处。此时，小玉已病至沉绵，悲愤交集，痛斥李益：

> 我为女子，薄命如斯；君为丈夫，负心若此！韶颜稚齿，饮恨而终；慈母在堂，不能供养；绮罗弦管，从此永休。征痛黄泉，皆君所致。李君李君，今当永诀！我死之后，必为厉鬼，使君妻妾，终日不安！

这段义正词严的血泪控诉和强烈的仇恨情绪，表现了一个备受欺凌的弱女子临终前最大程度的愤怒和反抗，凸显了她对爱情的无限忠贞和因此而作出的以生命为代价的牺牲，显示出她性格中坚韧刚烈的一面。小玉死后，李益的家庭生活果然不再平静，对妻妾的猜疑使李益时刻不得安生。这既是一个有现实依据的、具有讽刺意味的结局，也反映了作者对霍小玉的深切同情和对李益的谴责。与元稹的《莺莺传》相比，作者的态度和观点是很明确的，并且在塑造人物形象的同时有意揭示造成这个爱情悲剧的深层原因。

霍小玉对爱情是专一而热烈的，但基于自己对门第等级制度的清醒认识，对于所爱的人并无过高的要求。但另一方面，她毕竟是一个涉世未深的少女，当遇到自己倾心的男子时，就将自己未来的幸福完全寄托在他身上，明知他一定会背弃自己，却又希望他不要背弃自己，这种天真幼稚的性格与她专一、热烈的情感结合，就造成了她在追求中充满疑虑，勇敢中充满脆弱的矛盾表现。当她从崔允明那里得知李益已经负心时，她还是感到很意外，难以接受，在悔恨交加的情况下，以死抗争。她的纯真善良与她的强烈抗争使这个爱情故事充满了动人心魄的悲剧力量。从文章结尾看，李益也是一个悲剧性的人物，他能为小玉守丧、出殡，尽哀而返，也说明他对小玉仍有余情。但他迫于母命、联姻甲族的最终选择，也反映了他怯懦自私、贪恋富贵的品性。最后，他在个人意志和家长权威的对立中，在情与义的冲突中，得了心疾。作者对他的态度不是单纯的道德评价，而是着重发掘了决定人物行为和品格的社会原因，即门阀等级制度。从作品反映的思想深度上看，它比《李娃传》和《莺莺传》又前进了一步。

此外，《霍小玉传》全篇结构严谨，层次清楚而巧于穿插。多用散体文字叙事写人，篇末将通常所有的论赞削去，行文干净利落，节奏明快，在艺术上臻于成熟，明代胡应麟称此篇是唐人最精彩的传奇。

许尧佐的《柳氏传》见于《太平广记》卷四五八杂传记类，写大历十才子之一的韩翃与柳氏之间在安史之乱前后的一段悲欢离合的情缘。柳氏原是韩翃之友李生的宠姬。李生家境豪富，为人侠义，当他得知柳氏有爱慕韩翃之意后，便慷慨地成全了他们，并赠钱三十万。

◎《柳氏传》插图

不久，安史之乱爆发，二人失散，柳氏害怕遭人掳掠，对不起韩翃，于是剪发毁形，藏身于长安法灵寺。韩翃则为淄青节度使侯希逸请为书记。韩翃曾经千方百计寻找她，并赠诗以通音信，诗曰：

章台柳，章台柳！昔日青青今在否？纵使长条似旧垂，亦应攀折他人手。

柳氏看到了，回赠一首诗：

杨柳枝，芳菲节，所恨年年赠别离。一叶随风忽报秋，纵使君来岂堪折！

不久，柳氏被自恃有功、跋扈妄为的番将沙吒利所劫。韩翃随同侯希逸入京，与柳氏偶然相遇，但迫于势力再一次诀别。回来后，韩翃在酒宴上神情沮丧，侠士许俊问知详情，立刻乘马而去，夺回柳氏：

会淄青诸将合乐酒楼，使人请翊。翊强应之，然意色皆丧，音韵凄咽。有虞候许俊者，以材力自负，抚剑言曰："必有故。愿一效用。"翊不得已，具以告之。俊曰："请足下数字，当立致之。"乃衣缦胡，佩双鞬，从一骑，径造沙吒利之第。候其出行里许，乃被衽执辔，犯关排闼，急趋而呼曰："将军中恶，使召夫人！"仆侍辟易，无敢仰视。遂升堂，出翊札示柳氏，挟之跨鞍马，逸尘断鞅，倏忽乃至。引裾而前曰："幸不辱命。"四座惊叹。柳氏与翊执手涕泣，相与罢酒。

这个侠士是个军官，所以行止进退都有些大将的气度，他不畏强暴，急人之难，还懂得运用智慧，可谓智勇双全。这里细节加场面的描写包含在悲与喜两种情绪的变化中，境与情相映，写得飘逸浪漫，富有情致。后来，侯希逸上表奏明此事，肃宗下诏，柳氏仍归韩翃，赐给沙吒利二百万。这个故事，既写了才子佳人，又写了文武双侠，各具风采，还有高官出面、皇帝裁决。可以说为佳话型小说的创作提供了一个范式。这个故事还给后世留下了一个典故“沙吒利”，用来指倚权仗势夺走寒士爱人的狂徒。虽然这个典故未能在现代汉语中沿用下来，但它在唐代以后直到清代的文人笔下，还是一个大家都熟悉的典故。明代吴长儒的《练囊记》、清代张国寿的《章台柳》也是根据这个传奇写成的戏曲。

薛调的《无双传》写的是王仙客与刘无双悲欢离合的爱情故事。唐德宗时，王仙客幼年丧父，与母亲一起投奔舅父刘震。刘震女无双和仙客两人青梅竹马，情谊深厚。王母临终前，托付仙客于刘震，并为他求婚。后来，二人成年后，无双的父亲刘震因官场显赫、位置益尊，嫌弃仙客贫贱，就废除了婚约，反对二人结婚。这时，泾原节度使姚令言入京叛乱、拥立朱泚称帝，皇室仓皇出奔，刘震急忙召仙客，同意他与无双结婚，但要求仙客为其押送财物出京。仙客安顿完财物后，不见舅父一家出城，原来刘震陷于贼党，接受了伪职。叛乱平定后，刘震夫妇因接受伪职被处极刑，无双遂被籍没入宫为奴。两人在长乐驿见过一面，无双告诉他古押衙为人侠义。王仙客去任富平县尹时，结交了侠士古押衙，但始终没有向他说明自己的遭遇。古押衙知道情况后，从茅山道士那里求得一丸“服之者立死，三日却活”的仙药，然后让人假扮宫中使者，说无双是逆党，赐药令自尽。无双服药死后，又托人买出了无双的尸体，而后无双复活，与仙客远离京城逃回故乡，有情人终于白头偕老。这个过程中，主要突出了对古押衙的描写：

夜深，谓仙客曰：“宅中有女家人识无双否？”仙客以采苹对。仙客立取而至。古生端相，且笑且喜云：“借留三五日。郎君且归。”后累日，忽传说曰：“有高品过，处置园陵宫人。”仙客心甚异之。令塞鸿探所杀者，乃无双也。仙客号哭，乃叹曰：“本望古生。今死矣！为之奈何！”流涕歔欷，不能自已。是夕更深，闻叩门甚急。及开门，乃古生也。领一篼子入，谓仙客曰：“此无双也。今死矣。心头微暖，后日当活，微灌汤药，切须静密。”言讫，仙客抱入阁子中，独守之。至明，遍体有暖气。见仙客，哭一声遂绝。救疗至夜，方愈，古生又曰：“暂借塞鸿于舍后掘一坑。”坑稍深，抽刀断塞鸿头于坑中。仙客惊怕。古生曰：“郎君莫怕。今日报郎君恩足矣。比闻茅山道士有药术。其药服之者立死，三日却活。某使人专求，得一丸。昨令采苹假作中使，以无双逆党，赐此药令自尽。至陵下，托以亲故，百缣赎其尸。凡道路邮传，皆厚赂矣，必免漏泄。茅山使者及舁篼人，在野外处置讫。老夫为郎君，亦自刎。君不得更居此。门外有檐子一十人，马五匹，绢二百匹。五更挈无双便发，变姓名浪迹以避祸。”言讫，举刀。仙客救之，头已落矣。遂并尸盖覆讫。

古押衙杀掉了知情人十余个，自己也自刎而亡，确实有舍身奔义的古侠士之风，但其所作所为也有点危言耸听的意味。这篇传奇的情节非常离奇曲折，后半部分尤其惊险。由于情节过于离奇，有人认为这个故事纯粹是虚构之作。但汪辟疆认为有现实依据，说与薛调同时的范摅，在《云溪友议》中记载了崔郊与无双的故事，大概范摅和薛调都是根据自己的听闻，记写故事，但薛调因“嗜奇太过，不中情理”。[1]钱易《南部新书》中有“古押衙”条，说他“有游侠之才，多奇计，往往通于宫禁”。似乎这个人物有一定的现实基础。但无论真实还是虚构，这篇传奇作品在叙事和构造情节上，还是能够引人入胜。若把它曲折离奇的情节加以铺衍，就是一部现代版的武侠小说。明代陆采把这个故事改编为戏曲《明珠记》。

◎ 明刊本《明珠记 · 闻赦》插图

[1] 汪辟疆校录：《唐人小说》，上海古籍出版社 1978 年版，第 173 页按语。

《柳氏传》和《无双传》是典型的佳话型作品，即故事情节是由巧合的、夸张的、偶发的、奇特的事件构成，往往有个大团圆的结局。[1]有些矛盾冲突在现实生活中是无法化解的，所以这两个故事中都有侠士出现来解决问题。这样，故事就有了歌颂爱情和侠士的浪漫色彩，与其离奇曲折的情节共同营造了传奇氛围。

《李章武传》的作者李景亮是贞元十年（794）的进士，这篇作品大概是在《柳毅传》之后写出来的，今见《太平广记》卷三四〇，讲的是一个婚外恋的故事。李章武与一个王家的媳妇恋爱，后来二人离别，王氏子妇因思念李章武而死。七年后，李章武重游故地，从邻家妇人那里得知，王氏子妇临终前希望还能有神会之机，就在王氏旧宅等着王氏子妇的鬼魂来相会。夜间果然与王氏重温旧情，天亮时永别而去，而王氏子妇的鬼魂仍依依不舍，在途中追送李章武。这个故事与《聊斋志异》中的鬼故事很相似，其中描写较生动的就是王氏子妇鬼魂出现时的情形：

> 旋闻室北角悉窣有声，如有人形，冉冉而至。五六步，即可辨其状。视衣服，乃主人子妇也。与昔见不异，但举止浮急，音调清轻耳。

[1] 薛洪勣：《传奇小说史》，浙江古籍出版社1998年版，第69页。

故事中的女子因情而死，又因情而复归，把情之超越生死写到了极致，在主题上也表现了一个婚姻不如意的女子想要追求爱情又不能自主的内心痛苦，有其深刻之处。

从总体上看，这一时期以爱情婚姻为题材的作品，从表现的主题和内容上有这样几类：一是写士子与妓女的恋情的，如《霍小玉传》和《李娃传》；二是写闺中女子与士子的恋爱的，如《莺莺传》；三是写神鬼妖仙与人恋爱的，如《柳毅传》《任氏传》《李章武传》等；四是写遭逢乱世，情侣悲欢离合的遭际的，如《柳氏传》《无双传》等。无论是写妓女对真情的追求，还是写未婚男女的私自相恋，还是写不合理婚姻状态中女子的婚外恋，以及超脱人世的恋情，都深刻而细腻地展现了爱情的复杂和单纯、执着和盲目、喜悦和悲哀、漫长和短暂、实在和虚渺。面对这个情感世界，我们深深感受到了传奇小说的奇幻和深情。

除了上述以爱情为题材的作品外，中唐传奇还有一些借寓言、梦幻以讽谕社会的佳作。其中《枕中记》和《南柯太守传》最具代表性。沈既济的《枕中记》见《太平广记》卷八二，记叙一位自叹贫困又热衷功名的卢生，在路上遇见道士吕翁。吕翁听到卢生哀叹“大丈夫生世不谐”，就递给他一个两端有孔的青瓷枕。卢生由孔而入，进入梦境，遂在梦中遍历人间的荣华富贵及种种困境，醒后店家锅中的黄粱饭还未蒸熟，便觉人生如梦，怅然若失，功名欲念顿消。这个故事的来源，是晋人干宝的《搜神记》所记杨林入梦的事情，据说沈既济的《枕中记》即本此而作。后来元代马致远的《黄粱梦》剧、明代汤显祖的《邯郸记》，都是以这个故事为题材创作的。

《南柯太守传》，见《太平广记》卷四七五，题为《淳于棼》，讲述吴楚游侠之士淳于棼，家资豪富，喜养豪客，嗜酒使气，不守细行。一天喝醉酒后，梦见被两个紫衣人迎接进入自家宅南的古槐洞中，作了大槐安国的驸马，拜南柯太守，生了五男二女。后来大槐安国与檀萝国争战，战败，公主又病死，便罢郡还京。淳于棼在京威福日盛，国王心生疑忌，于是把淳于棼送归。醒后，"斜阳未隐于西垣，余樽尚湛于东牖，梦中倏忽，若度一世矣"。其主旨与沈既济的《枕中记》略同，而着重描写了吉凶莫测、炎凉相倚的人情世态。就艺术特点来看，这篇传奇在梦境的描写和人物心态、语言的描写上很出色。把人物入梦、梦中、梦醒和梦醒后勘察蚁穴的过程写得翔实生动。其中，梦中与公主结婚，婚后妻子怂恿他做官，以及他的岳母劝诫女儿的场面，都刻画得非常细腻：

他日，妻渭生曰："子岂不思为政乎？"生曰："我放荡不习政事。"妻曰："卿但为之，余当奉赞。"妻遂白于王。累日，谓生曰："吾南柯政事不理，太守黜废，欲藉

◎《邯郸记·入梦》插图

卿才，可曲屈之。便与小女同行。”生敦受教命。王遂敕有司备太守行李。因出金玉、锦绣、箱奁、仆妾、车马，列于广衢，以饯公主之行。……其夕，王与夫人饯于国南。王谓生曰：“南柯，国之大郡，土地丰壤，人物豪盛，非惠政不能以治之。况有周、田二赞。卿其勉之，以副国念。”夫人戒公主曰：“淳于郎性刚好酒，加之少年；为妇之道，贵乎柔顺。尔善事之，吾无忧矣。南柯虽封境不遥，晨昏有间，今日暌别，宁不沾巾？”生与妻拜首南去，登车拥骑，言笑甚欢，累夕达郡。

这里写妻子对丈夫的期望、君对臣的托付、母亲对女儿的告诫，都写得极有人情味，也符合各自的身份和性格，虽是梦境而恍若人世，是用人情写物态的极佳文字。这篇传奇小说的影响很大，宋朝有人在扬州伪造出南柯太守墓，明汤显祖根据这个故事写了戏曲《南柯记》，“南柯一梦”现在也成了我们习用的成语了。这篇传奇小说的作者是李公佐，他是元和间人，字颛蒙，陇西人，约与白行简同时，且与之友善。白行简的《李娃传》就是受李公佐的鼓励后写出来的。他还写了《谢小娥传》，记述小娥为报父亲、丈夫之仇而女扮男装，寻仇刺杀的故事。还有《卢江冯媪传》《古岳渎经》等。前者讲述冯媪夜宿遇鬼的事情，后者记叙淮涡水神无支祁的故事。有人认为无支祁可能就是孙悟空形象的原型，文中说《古岳渎经》记

◎《邯郸记·生寤》插图

载淮水里有一个被锁着的大猿猴，是从前大禹治水时锁镇住的水神无支祁。该文在《太平广记》卷四六七，题为《李汤》，后来鲁迅改题为《古岳渎经》，收在《唐宋传奇集》里。

沈既济的《枕中记》与李公佐的《南柯太守传》显然不是为了传述异闻，而是表现作者对现实人生的思考和感悟。《枕中记》写卢生醒后说："夫宠辱之道，穷达之运，得丧之理，死生之情，尽知之矣。"《南柯太守传》也记淳于棼醒后，"感南柯之浮虚，悟人世之倏忽，遂栖心道门，绝弃酒色"。反映了中唐文人在佛道思想影响下生发出世途迷茫的心理和逃离现实的愿望。

沈亚之，字下贤，吴兴人，元和十年进士，是韩愈的门徒。他的文集中收了很多小说性质的作品，其中《湘中怨解》《异梦录》《秦梦记》三篇是具有抒情意味的小说，在唐人传奇中别具一格。《湘中怨解》约作于元和十三年（818），据此篇小序说，韦敖曾写过一篇乐府诗《湘中怨》，沈亚之似乎也写了和作，这篇小说就是解释乐府诗中的叙事内容的。讲的是垂拱年间，洛阳有个太学生郑生早上经过洛桥，看见一位美丽的女子将要投水自尽。郑生便把她救下，带回家中，结为夫妻。这女子喜欢诵读《楚辞》，还有拟作，都写得哀怨绝丽。过了几年，这个女子说自己是湘水龙宫之女，遭贬谪而跟了郑生，现在期限已满，将要离去。于是二人涕泣而别。后十余年，郑生全家登岳阳楼，忽见水面出现百尺彩楼，上有群女歌

◎《邯郸道省悟黄粱梦》插图

舞，其中一人就是龙女。她且舞且歌：

> 溯青山兮江之隅，拖湘波兮袅绿裾。荷拳拳兮情未舒，匪同归兮将焉如？

不久，风涛崩怒，遂迷所在。这篇小说的基调与这首诗歌及湘水女神的性情相合，充满了虚幻浪漫的情调，表现的是男女双方有情但终究不能长相厮守的情感。这与屈原《九歌》中的《湘君》《湘夫人》等楚辞作品的情感基调是相同的，或者沈亚之就是在湘水女神传说的基础上创作了这篇传奇。沈亚之的友人南卓曾撰有《烟中怨解》，也是一篇仙女贬谪嫁人的故事。所以，沈亚之在《湘中怨解》末尾说，欲将此篇与南卓之作“偶倡”。此类作品显然是文人逞才弄笔的产物。

《异梦录》写的是元和十年沈亚之几经挫折，终于进士及第，随即充任泾原节度使李汇的记室。李汇在一次宴会上，讲了他少年时的朋友邢凤的故事。邢凤是贞元年间帅家子，在长安以重金租住了一处豪宅，有一天梦见美人手持诗卷在吟诵，接着又跳弯弓舞数拍，泫泣良久而辞去。第二天，诗人姚合在集会上也讲了王炎梦侍吴王，奉命为西施作挽歌的故事。《秦梦记》也是自叙一场梦境，梦入秦为官，娶了秦穆公公主弄玉，弄玉死后，乃被秦穆公遣归的故事。这些故事主要表现如花美眷等美好的事物难于永驻，人生的痛苦比快乐多这样的感受。文辞秾丽，情志凄婉，颇有楚辞的韵味。此外，沈亚之还有《冯燕传》《李绅传》等，善于描写人物，对后世的影响较大。

有的传奇作品以表现爱情为主题，同时也塑造了一些侠义之士，为晚唐豪侠题材的繁荣提供了借鉴。沈亚之的《冯燕传》和李公佐的《谢小娥传》是比较出色的作品。两篇传奇都是根据当时的真人真事创作的。《冯燕传》所写的故事发生在德宗贞元年间，曾盛传一时，沈亚之在元和年间从刘元鼎口中听说了这件事，就创作了这篇传奇。讲述的是豪士冯燕本是魏人，喜欢斗鸡等游戏，一次因为打抱不平获罪，流亡到滑地，被相国贾耽看中，做了军官。不久，他与军中将领张婴的妻子勾搭成奸。张婴知道这件事后，多次殴打妻子，致使妻子娘家人对张婴十分怨恨。有一天冯燕正在张婴家中与其妻幽会，张婴酒醉归来，冯燕赶忙逃走，张婴大醉而卧，没有发现他。冯燕匆忙中看见自己的头巾还落在枕头上，就指着枕头意思是要张婴的妻子把头巾递给他，免得被张婴发现，谁知张婴的妻子竟把枕边张婴的佩刀递给了冯燕。冯燕向张婴妻看了几眼，反而把她的头砍了，然后戴上头巾逃走了。张婴酒醒后，发现妻子被杀，很吃惊，想出去证明自己的清白，邻居都认为是张婴杀的，就去通知他妻子的家人，张婴百口莫辩被判处死刑。故事的结尾是这样的：

司法官小吏持朴者数十人，将婴就市，看者团围千余人。有一人排看者来，呼曰："且无令不辜死者。吾窃其妻而又杀之，当系我。"吏执自言人，乃燕也。司法官与俱见贾公，尽以状对。贾公以状闻，请归其印，以赎燕死。上谊之，下诏，凡滑城死罪皆免。

行刑之日，冯燕毅然出来认罪，贾耽感其义，以免职请旨免除冯燕死刑，最后皇帝敕令将滑地全部死刑犯同时赦免。这里突出的是冯燕自陈冤情的豪气和自觉承担罪责的勇气，以及当时人们对冯燕的宽容。作者在末尾赞语中说冯燕"杀不谊，白不辜，真古豪矣"，所谓"不谊"是指张婴的妻子，她不但与人偷情，还唆使情夫杀死亲夫，在作者看来，这是极端无情无义的，因此，冯燕将她杀死本就是"义举"，是无罪的。再加上他还能以牺牲自己来解救蒙受冤情的张婴，就更难能可贵了。因此，沈亚之就作了《冯燕传》来赞颂他，诗人司空图则创作了长篇叙事诗《冯燕歌》，宋人曾布又作了《水调大曲》七遍，细唱冯燕的事迹。这个故事也从侧面揭示出那时妇女的地位和处境，张婴妻的娘家人和邻里对张婴的痛恨，其实代表了人们对女子不幸婚姻的同情。

《谢小娥传》讲述一个孤女复仇的故事，大概作于元和十三年（819），今见《太平广记》卷四九一杂传记类。谢小娥的父亲是商人，丈夫段居贞是侠士，翁婿两人经商于江湖间，

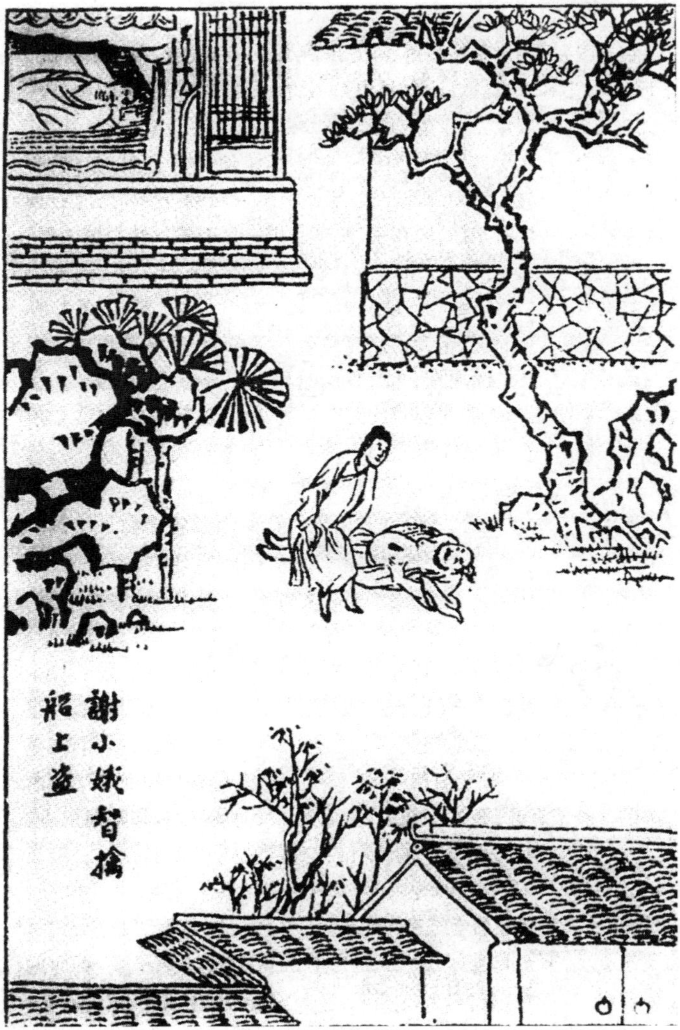

◎《谢小娥智擒船上盗》插图

在小娥十四岁时，父亲和丈夫都被强盗杀死，小娥被沉于江，幸免于难。后来她梦见父亲和丈夫告诉她仇人是“车中猴，门东草”和“禾中走，一日夫”，她始终解不开这个谜。后来她碰到了李公佐，他帮她解开了谜底，说这两人是指申兰和申春。小娥于是女扮男装，立志报仇，在集市中作佣仆，到处留心打探。元和九年，小娥来到浔阳郡，恰巧碰到申家在招佣人，小娥应召来到申家，发现申氏兄弟确实是江湖大盗。元和十二年，小娥终于等到机会，她趁申氏兄弟喝醉酒的时候，杀死他们，并上报有司，将其余党全部捕获。完成心愿后，小娥便出家为尼，后来又碰到了为她解谜的李公佐，说及此事，对他表示感谢。作者认为这是“神道不昧”，赞美了谢小娥的贞孝。在叙述过程中，作者李公佐参与了故事情节的发展，全文采用了第三人称和第一人称相配合的叙事方式，因此在叙事中包含了很多感情投入，为我们塑造了一位意志坚韧、勇敢有智慧的女性形象。她虽然没有绝世武功，但凭着自己的智慧和毅力，终于报仇雪恨，从本质上也算是一个侠女，而且在广大的底层社会民众中更有影响力。在她身上寄托了人们的理想，反映了现实社会中的一种普遍现象，因此这个形象有一定的典型性。这个故事后来被冯梦龙改编为拟话本小说《李公佐巧解梦中言 谢小娥智擒船上盗》，又被王夫之赋予强烈的遗民之恨和复仇情绪，写成杂剧《龙舟会》。

陈鸿的《长恨歌传》，是为白居易的《长恨歌》而作。陈

◎《长恨歌传》插图

鸿，字大亮，贞元主客郎中，与白居易为友。《长恨歌传》叙述杨贵妃从入宫起，到马嵬之变及道人索其魂于天上为止，包括了后来一切“天宝遗事”的纲目。以此为依据衍为诸宫调、杂剧、传奇的作品很多，较为著名的有元代王伯成的《天宝遗事诸宫调》，白朴的《唐明皇秋夜梧桐雨》剧和清代洪昇的《长生殿传奇》。唐人传奇中，最为人知的，除了元稹的《莺莺传》，就算这篇作品了。下面我们再详细分析这篇传奇。

（三）传奇结集，豪侠当道——传奇小说的演化与衰微

晚唐时期，单篇传奇的数量逐渐减少，从宣宗大中初（847）到懿宗咸通末（873）的二十几年里，传奇结集的情况很突出。在题材上，爱情题材的作品显现出衰落的迹象，豪侠故事和讽刺作品代之而兴。在创作方法上，此期作品多追求故事情节的离奇，描述虚无缥缈的幻境，而忽视了传奇小说的现实主义精神。到了唐末，小说集的内容变得琐杂起来，有的颇似六朝志怪与志人小说，失去了传奇的结构和趣味，唐传奇走向了衰微没落。

牛僧孺的《玄怪录》是出现较早的一部传奇集。宋代人因避“玄”字讳，改称《幽怪录》。原书已佚，仅存《太平广记》所引的33篇故事。牛僧孺是贞元二十一年（805）进士，

仕途平稳，在唐宪宗、穆宗、文宗、武宗、宣宗各朝历任显职，是唐后期牛李党争的主要人物。在文学创作方面，诗文均有一定成就，在文学史上的主要贡献则在小说集《玄怪录》。此书在写法上，不追求见信于人，而追求以艺术的魅力吸引人，大多数像《庄子》所说的荒唐之言、谬悠之说，表现了作者的独创性。[1]如《元无有》一则：

宝应中，有元无有，常以仲春末独行维扬郊野。值日晚，风雨大至。时兵荒后，人户多逃，遂入路旁空庄。须臾霁止，斜月方出。无有坐北窗，忽闻西廊有行人声。未几，见月中有四人，衣冠皆异，相与谈谐，吟咏甚畅。乃云："今夕如秋，风月若此，吾辈岂不为一言以展平生之事也？"其一人即曰云云。吟咏既朗，无有听之具悉。其一衣冠长人，即先吟曰："齐纨鲁缟如霜雪，寥亮高声予所发。"其二黑衣冠短陋人，诗曰："嘉宾良会清夜时，煌煌灯烛我能持。"其三故敝黄衣冠人，亦短陋，诗曰："清冷之泉候朝汲，桑绠相牵常出入。"其四故黑衣冠人，诗曰："爨薪贮泉相煎熬，充他口腹我为劳。"无有亦不以四人为异，四人亦不虞无有之在堂隍也，递相褒赏。观其自负，则虽阮嗣宗《咏怀》，亦若不能加矣。四人迟明方归

[1]　薛洪勣：《传奇小说史》，浙江古籍出版社1998年版，第103页。

旧所。无有就寻之，堂中惟有故杵，灯台，水桶，破铛。乃知四人即此物所为也。

本篇题目就指明故事的情节、人物都是虚构的，此段文字主要是想表现自己的想象和辞藻，类似于先秦时期荀子所作的《赋篇》，谜面通过虚构的人物和情节加以演示，最后揭开谜底。可以说，牛僧孺的小说创作进一步摆脱了传统的史学和文学观念的束缚。集中多写神仙鬼怪奇异之事，有很多奇妙的想象和灵幻的境界，文辞秀丽，文笔活泼，或点染世情，如《刘讽》；或讥刺时弊，如《崔环》；或抒发理想，如《古元之》；或纯属滑稽游戏，如《元无有》《董慎》等，都显得新奇传神。在题材上《玄怪录》也有创新，如《郭元振》一篇写元振夜斩猪妖，为民除害，则是把侠义、神怪两类题材结合起来了。鲁迅说："造传奇之文，会萃为一集者，在唐代多有，而煊赫莫如牛僧孺之《玄怪录》。"[1]究其原因，牛僧孺在当时地位较高，《玄怪录》作为小说集问世较早，而且具有相当高的思想艺术成就，因而对此后的小说创作产生了较大影响。如薛渔思著《河东记》3卷，自序称是"续牛僧孺之书"[2]。张

[1] 鲁迅:《中国小说史略》第十篇《唐传奇集及杂俎》,《鲁迅全集》第九卷，人民文学出版社 1981 年版，第 91 页。

[2] （宋）晁公武著，孙猛校正：《郡斋读书志》卷十三小说类，上海古籍出版社 1990 年版。

◎ 牛僧孺欣赏歌舞图

读是牛僧孺的外孙，也作有《宣室志》10卷，可看作家风的影响。李复言则直接把自己的著作题为《续玄怪录》，仿效的意思就很明显了。因此，在一定意义上说，《玄怪录》是传奇小说史上一部具有里程碑性质的作品。

晚唐传奇集中，较重要的有薛用弱的《集异记》、李复言的《续玄怪录》、张读的《宣室志》、李玫的《纂异记》、裴铏的《传奇》、袁郊的《甘泽瑶》、皇甫枚的《三水小牍》和郑还古的《博异记》等。

薛用弱《集异记》3卷，约成书于长庆年间（821—824）。今传本2卷16篇，中华书局点校本根据《太平广记》辑补66篇佚文，又附6篇存疑，是传奇小说和其他小说的合集。此书中著名的作品有《徐佐卿》《王积薪》《蔡少霞》《王维》《王之涣》《贾人妻》等，可视为传奇小说。《徐佐卿》写天宝十三载唐玄宗在沙苑射猎，射中孤鹤，鹤带箭而飞。后来玄宗入蜀，在益州明月观忽见射鹤之箭，细看壁上留题的年月，才知道所射孤鹤是青城道士徐佐卿。《贾人妻》写贾人妻为了复仇，暂时与一个穷愁潦倒的人同居，复仇后杀死亲子而去。这也可以看作一篇豪侠小说。《王积薪》写听人下棋的情景，《王维》写王维以弹琵琶曲《郁轮袍》干谒公主的事情，《王之涣》讲的就是著名的“旗亭画壁”的故事，写诗人王之涣、王昌龄、高适三人隔壁听艺伎演唱自己诗作的情景，用笔简洁，却宛然如画。

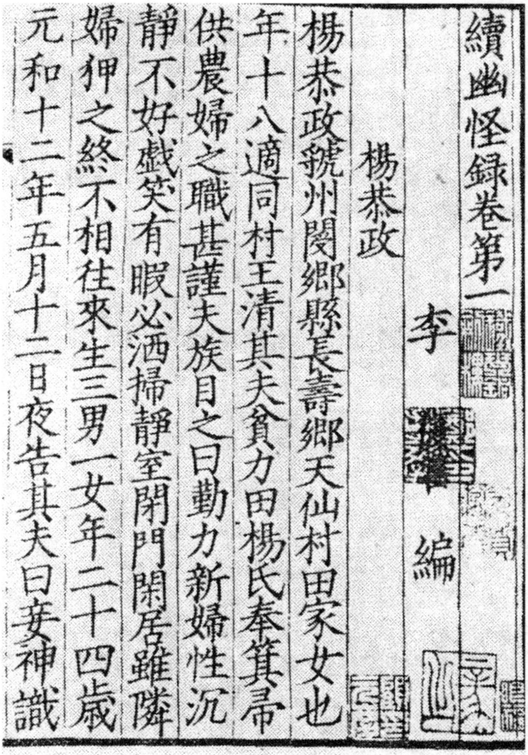
續幽怪録卷第一
李 編
楊恭政
楊恭政虢州閿鄉縣長壽鄉天仙村田家女也
年十八適同村王清其夫貧力田楊氏奉箕帚
供農婦之職甚謹夫族目之曰勤力新婦性沉
靜不好戲笑有暇必洒掃靜室閉門閑居雖隣
婦狎之終不相往來生三男一女年二十四歲
元和十二年五月十二日夜告其夫曰妾神識

◎ 南宋刻本《续幽怪录》书影

李复言《续玄怪录》（编者注：宋代因避赵匡胤始祖玄朗之讳，改名《续幽怪录》）10卷，约成书于大中年间（847—859）。今存宋刊本4卷23篇，程毅中点校本又根据《太平广记》补遗6篇。此书自宋以来即与牛僧孺的《玄怪录》混刊，有些作品如《杜子春》《张老》《裴谌》《郭代公》《尼妙寂》《王国良》等，一般认为是应属《续玄怪录》，还有几篇的著作权还有争议[1]，姑置勿论。书中作品多借佛道观念抒写人生感慨。艺术上有刻意追求技巧创新的倾向，善于铺叙，情节曲折，结构布局时见巧思。如《薛伟》篇写薛伟化为鱼的故事，一开始写他死而复生，见人们正在吃鱼，连忙制止说："向杀之鲤，我也。"于是，引出全篇故事。《张逢》一篇写人化为虎，变化之后在人间的遭遇，将幻想和现实结合得很好。《尼妙寂》一篇作者明言是对李公佐《谢小娥传》的再创作。在叙事方式上将原来的第一人称叙事改为第三人称，用间接叙述法叙写故事，文末也不发议论，使史传体的痕迹不那么明显了。《定婚店》一篇写韦固多次求偶，总是不成功。一个偶然的机会，他遇见了月下老人，得知月下老人掌管人间婚姻，用红线为夫妇系足，然后月下老人引韦固去见自己未来的妻子。韦固觉得她相貌丑陋，便指使仆人刺杀这个小女孩。十四年后，韦固娶刺史女王氏为妻，心中十分满意。但妻子眉间常贴一花子。韦固问起，妻子告诉他缘由：

> 妾郡守之犹子也，非其女也。畴昔父曾宰宋城，终其官。时妾在襁褓，母兄次殁。唯一庄在宋城南，与乳母陈氏居。去店近，鬻蔬以给朝夕。陈氏怜小，不忍暂弃。三岁时抱行市中，为狂贼所刺。刀痕尚在，故以花子覆之。

---

[1] 程毅中：《唐代小说史话》，文化艺术出版社 1990 年版，第 174 页；《玄怪录续玄怪录》点校说明，中华书局 1982 年版。

韦固听后承认是自己派人刺的，叹曰：“奇也，命也。”这个故事情节写得很曲折，结局也应了月下老人的话，造成一种奇异之感。《李卫公靖》叙述李靖微时替龙行雨的故事，李靖驾龙行雨一节文字尤佳：

◎ 李靖

公曰：“靖俗客，非乘云者，奈何能行雨？有方可教，即唯命耳。”夫人曰：“苟从吾言，无有不可也。”遂敕黄头鞴青骢马来；又命取雨器，乃一小瓶子，系于鞍前，诫曰：“郎乘马，无勒衔勒，信其行。马躩地嘶鸣，即取瓶中水一滴，滴马鬃上，慎勿多也。”于是上马，腾腾而行，其足渐高，但讶其稳疾，不自知其云上也。风急如箭，雷霆起于步下。于是随所躩辄滴之。既而电掣云开，下见所憩村。

此段内容想象丰富，描摹生动，大致能代表这本书的艺术特点。

张读《宣室志》10卷，约成书于大中年间（847—859）。今传本有150多篇。中华书局点校本又根据《太平广记》等书增补50余篇。其中传奇小说有50篇左右，《谢翱》《独孤彦》《杨叟》《陆乔》《李征》《卢郁》等都是佳作，有较深寓意。如《李征》篇，讲的是李征入官场后，一直郁郁不得志，十分愤世嫉俗，一天忽然发狂，遁入山中，临水而照才发现自己已经变成一只老虎。后来他的朋友袁傪奉诏使岭南，路过此山，李征所化之虎突然跃出，惊散众人，而独与袁傪叙旧，表达了对昔日友情、对家人及人世的眷恋，并口述遗文，请袁傪记录下来，以传其子孙，然后诀别而去。作品把一个不得志的士人被边缘化、被人视为“异类”的心情，予以超现实的表现，让人感到无限的惆怅和同情。此文在后世影响较大，《古今说海》收入后改题为《人虎传》。日本也有译文，视其为传奇小说的名篇。

李玫《纂异记》1卷，大约写成于大中年间（847—859）。《太平广记》今存佚文13篇。此书辞藻华丽，构思巧妙，尤以思想内容的批判性和谴责性引人注目。《嵩岳嫁女》和《浮梁张令》两篇大概能代表此书的艺术风格和思想倾向。

裴铏《传奇》3卷，约成书于咸通年间（860—877）。《太平广记》存佚文约30篇，后又有增补。原书早佚，今人周楞伽有辑注本，上海古籍出版社1980年出版，收文31篇，基本恢复了此书原貌。此书是唐人小说集的代表作之一，唐代单篇小说被后世称为“传奇”，最初就是从这本集子得名的。从内容上看，此书主要写言情故事和剑侠异人故事。其中的《裴航》《郑德璘》《崔炜》《昆仑奴》和《聂隐娘》《封陟》《萧旷》《张云容》《韦自东》等，都是广泛流传的名篇。最脍炙人口的就是描写侠客的《昆仑奴》《聂隐娘》。在这类作品中，作者善于用回环、伏笔、转换视角、设定线索等艺术手段，构成引人入胜的故事情节，为传奇小说情节艺术的发展做出了很多新的尝试。如《崔炜》篇写唐人崔炜于贞元中在番禺偶然帮助过一老妪，老人赠艾表示感谢，崔炜用艾多次为人治愈赘疣。一次，他堕入枯井，与晋代女仙鲍仙姑、秦代南海尉任嚣、仙人安期生所跨白龙玉京子、秦汉之际南越王赵佗墓中众女鬼、赵佗庙中的羊城使者、波斯商人等先后遇合，最后与秦汉之际齐王田横女结为夫妇。而这一切经历都是崔炜的父亲生前在越王庙中题诗及其继任者重新修庙引起的。对此，崔炜毫无所知，直到故事结束，才由田夫人将有关人物和事件点明，崔炜乃恍然大悟。这个故事有多条情节线索：从崔炜的视角引出唐代时事这条线索；秦汉之际的史事贯串在那些仙鬼幽灵身上；此外，还有崔父题诗和鲍仙姑艾灸两条线索。故事杂糅古今，地域错杂，却因各条线索的连接显得环环相扣，首尾呼应。可见这篇作品在叙事结构和视角转换方面是极见匠心的。《裴航》讲述的是书生在蓝桥驿遇见仙女云英，诚心追求，终于与之结为夫妇的故事。从题材上看，未脱离人神恋爱的传统模

◎ 裴航、云英

式，但文章骈散结合、意境优美，如“蓝桥遇仙”一节：

> 经蓝桥驿侧近，因渴甚，遂下道求浆而饮。见茅屋三四间，低而复隘。有老妪缉麻苎。航揖之，求浆。妪咄曰：“云英，擎一瓯浆来，郎君要饮。”航讶之，忆樊夫人诗有“云英”之句，深不自会。俄于苇箔之下，出双玉手，捧瓷，航接饮之，真玉液也。但觉异香氤郁，透于户外。因还瓯，遽揭箔，睹一女子，露浥琼英，春融雪彩，脸欺腻玉，鬓若浓云，娇而掩面蔽身，虽红兰之隐幽谷，不足比其芳丽也。

这段描述文辞秀丽，其中用骈体和赋法描写人物的方法，对后世小说影响较大，“蓝桥玉杵”在后人诗文中常被用为典故。《郑德璘》讲述在唐德宗贞元年间，郑德璘在探亲返程途中，把船停在黄鹤楼下，得知旁边船上的富商带着女儿出行，于是就作诗挑逗。后来窥见了韦氏女的美貌，于是又作诗一首，写在红绡上并缠在正在垂钓的韦氏女的鱼钩上，韦氏女也爱慕郑德璘，就把红绡系在臂上。不久，风浪大作，韦氏家的大船沉没，全家人都没于洞庭。郑德璘甚是悲伤，于是作诗酹而投于湖水。他对爱情的执着感动了洞庭水神，就把韦氏女的躯体送到郑德璘船旁，韦氏女得救，二人结为夫妇，后来还去洞庭水府探望韦氏女的父母。这篇传奇的题材与《柳毅传》相同，但影响远不及后者，明人戏剧《红蕖记》传奇就是根据这篇故事敷衍而成。

◎ 明刊本《红蕖记》插图

袁郊《甘泽谣》1卷9篇，撰写于咸通九年（868），因成书于久雨卧病之时，故称《甘泽谣》。今见于《太平广记》的只有8篇。此书侧重用隐喻象征的手法阐释朝代兴亡和人物的命运。名篇如《魏先生》《红线》《懒残》《陶岘》《许云封》《素娥》《圆观》等，都有命定论和历史循环论的色彩。《圆观》写大历末，李公与洛阳惠林寺僧人圆观为忘言交。圆观精通音律，知道自己的三世因缘。在二人同游蜀川途中，圆观告诉李公自己将转世投胎于三峡王氏，并约定十二年后中秋夜杭州天竺寺外相见。之后，圆观即亡，托身王氏。婴儿出生时，李公往观，婴儿对之一笑。过了十二年，此儿长为牧童，又与李公在杭州天竺寺相见，在寺前歌曰："三生石上旧精魂，赏月吟风不要论。惭愧情人远相访，此身虽异性长存。"这就是"三生石"的故事。这个故事本来是宣扬佛教三世轮回之说，但着重描写了李公和圆观生死不渝的情谊，具有浓厚的人情味。苏轼曾将此篇改写为《僧圆泽传》，流传就更广了。《陶岘》叙述开元末年，有一个富豪陶岘喜欢游山玩水，后来有人送他一个昆仑奴叫摩诃，善游水。陶岘喜欢玩一个类似"扔帽子"的游戏，就是经常把自己的玉环和古剑丢在江湖，令摩诃泅水取出。有一次，摩诃潜入水中取剑，不久浮上水面说古剑有毒龙看守，自己打不过那毒龙。陶岘逼迫他再次入江，摩诃遂为毒龙所害，肢体碎裂而死。这个故事的叙事节奏安排得很有特色，前半部分轻松舒缓，后半部分突然紧张激烈，形成鲜明的对比，实际上也形象地描摹出当时贵族富豪对底层人民的奴役和戏弄，有一定的思想深度。

皇甫枚《三水小牍》2卷，成书于唐王朝灭亡的时候。包含近50篇作品，其中传奇小说有10余篇。此书多记唐末乱世的奇闻异事，时代色彩较鲜明。重要的作品有《王知古》《绿翘》《却要》《温京兆》《步飞烟》等。《王知古》写的是咸通年间，卢龙节度使张直方解职回东京后，仍淫威肆虐，游猎无度。其门客王知古随猎迷路，走入狐仙家，狐仙欲招其为女婿，当得知他是张直方的门客时，便将其赶走。次日，张直方率军捣毁狐穴，杀死大小狐狸百余头。这篇作品主要反映了地方势力为害一方的嚣张气焰。《绿翘》篇写女道士、女诗人鱼玄机生活放荡，怀疑侍女绿翘与他人私通，将其打死，事发后鱼玄机被正法的经过。《却要》写一位聪明的女奴却要，用巧妙的办法摆脱李庾四个儿子的纠缠。《步飞烟》写咸通年间河南府功曹参军武公业的宠妾步飞烟与邻居贵家子赵象相爱，两人诗书往来，秘密相会。后来被武公业发现，飞烟被鞭打折磨，只说“生得相亲，死亦何恨”，至死不悔，而赵象则改名换姓逃跑。这些故事还能写出人物的某些特点。

郑还古《博异记》，也称《博异志》，1卷，其中有《敬元颖》《崔玄微》《沈亚之》《岑文本》《王昌龄》等10则故事。而以《崔玄微》一篇较为人乐道。讲的是天宝中崔玄微在洛苑东有住宅，一次在月下见数女入院，说是去看封十八姨，在此暂歇。不久封十八姨也来了，崔玄微于是设宴款待她们。因封十八姨不小心把酒洒在一红衣女子的衣裳上，红衣女发怒，封十八姨不悦而去，诸女因入西苑中。这个场景的描述颇能显现作者的功力：

> 时春季夜阑，风清月朗，不睡，独处一院，家人无故辄不到。三更后，忽有一青衣人云：“君在苑中也，欲

与一两女伴，过至上东门表姨处，暂借此歇，可乎？”玄微许之。须臾，乃有十余人，青衣引入。有绿裳者前曰：“某姓杨。”指一人曰：“李氏。”又一人曰：“陶氏。”又指一绯衣小女曰：“姓石名醋醋。”各有侍女辈。玄微相见毕，乃命坐于月下，问出行之由。对曰：“欲到封十八姨。数日云来相看，不得，今夕众往看之。”坐未定，门外报封家姨来也，坐皆惊喜出迎。杨氏曰：“主人甚贤，只此从容不恶，诸处亦未胜于此也。”玄微又出见。封氏言词泠泠，有林下风气。遂揖入座，色皆殊绝，满座芳香，馥馥袭人。诸人命酒，各歌以送之。玄微志其二焉。有红裳人与白衣送酒，歌曰：“皎洁玉颜胜白雪，况乃当年对芳月。沉吟不敢怨春风，自叹荣华暗消歇。”又白衣人送酒，歌曰：“绛衣披拂露盈盈，淡染胭脂一朵轻。自恨红颜留不住，莫怨春风道薄情。”至十八姨持盏，性颇轻佻，翻酒污醋醋衣裳。醋醋怒曰：“诸人即奉求，余不奉求！”拂衣而起。十八姨曰：“小女子弄酒！”皆起，至门外别，十八姨南去，诸女子西入苑中而别。

这里封十八姨就是风，石醋醋就是石榴花，还有梨花、杨花等，都写得各有性格，并用诗歌来揭示它们本身的形质特点，富于想象力，描写也很生动。第二天，这几位女子又来见崔玄微，说她们每年都会被恶风侵扰，常求封十八姨庇护，昨天得罪了封十八姨，以后就没办法再求助于她了，所以想请崔玄微在每年东风起时，在苑东立一红色旗子，以免风灾。崔玄微就按照她们说的去办了，当时飞沙走石，而苑中繁花不动，才知道众女子是花精，封十八姨是风神。这则故事写花与风的关系，就是写人间世态，而她们宴饮的场面写得很有情致。这一题材后来被《酉阳杂俎》采录，写成《支诺皋》，明人《醒世恒言》中的拟话本《灌园叟晚逢仙女》也采用了这一题材。

这一时期传奇集中的小说开始追求故事的趣味性，多构思奇特，描写瑰丽的篇章，但有很多故事往往陈陈相因，缺乏创造性。如《续玄怪录》所载《杜子春》，裴铏《传奇》中的《韦自东》，与段成式《酉阳杂俎续集》卷四的《贬误》中所记故事几乎完全相同。《杜子春》讲的是杜子春为一老人约守药炉，嘱其凡见神鬼、猛兽、地狱、亲属等，皆是幻象，不得言动。子春历尽幻境，以致再次投胎，娶妻生子，均不动心，唯见爱子被杀，不免惊恸失声，于是炉毁药焚，前功尽弃。《韦自东》叙述韦自东在山中为一个道士看守仙药，屡以宝剑击退魔怪，但最后还是被妖邪幻化突破，以致丹炉爆毁，功亏一篑。故事情节基本上是相同的，主题则杂糅佛道二教。

就题材而言，豪侠故事是晚唐传奇中最引人注目的一类。《太平广记》豪侠类收有25篇，除《李亭》一篇出自《西京杂记》，其余24篇都出自唐代传奇。段成式《酉阳杂俎》卷九有《盗侠》一类，共有9则故事。这些豪侠故事中的主人公大致

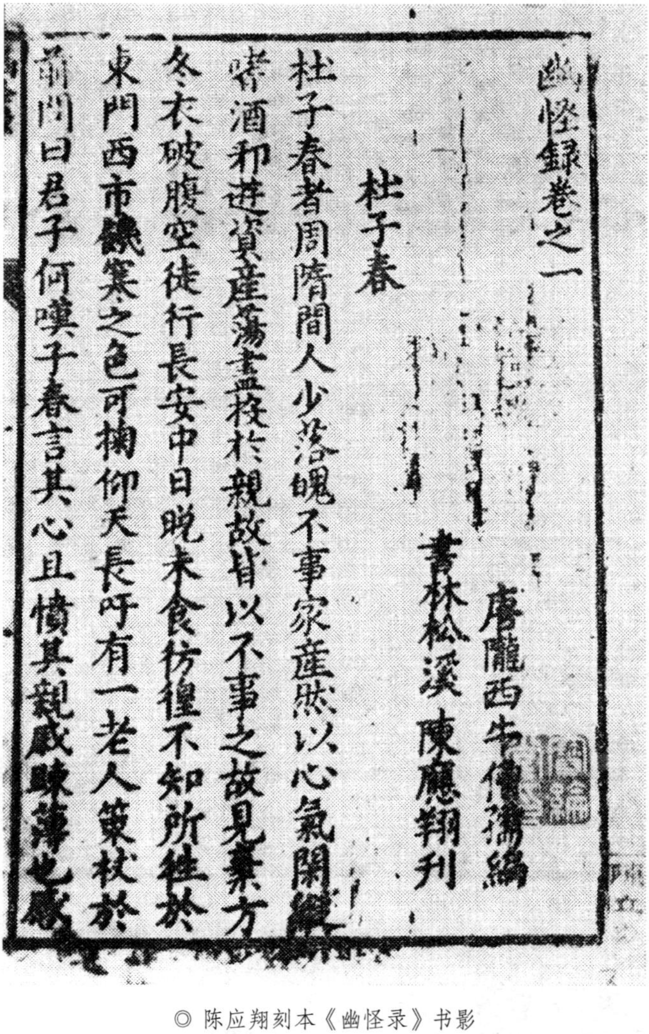

幽怪録卷之一

唐隴西牛僧孺編

書林松溪 陳應翔刊

杜子春

杜子春者周隋間人少落魄不事家產然以心氣閑縱嗜酒邪遊資產蕩盡投於親故皆以不事之故見棄方冬衣破腹空徒行長安中日晚未食彷徨不知所往於東門西市饑寒之色可掬仰天長吁有一老人策杖於前問曰君子何嘆子春言其心且憤其親戚疏薄也感

◎ 陈应翔刻本《幽怪录》书影

可以分为两种类型。一类如《霍小玉传》中的黄衫客、《柳氏传》中的许俊、《无双传》中的古押衙、《虬髯客传》中的虬髯客等，大多从精神风貌、侠义精神和伦理道德方面表现侠的精神。另一类就是聂隐娘这种半人半神式的人物或凡人中怀有奇技异能的人。裴铏的《传奇》中，最有名的是《昆仑奴》《聂隐娘》二则。明代梅鼎祚有《昆仑奴》杂剧，清代尤侗有《黑白卫》杂剧，所叙故事即以这两个故事为蓝本。比较而言，唐后期豪侠小说伦理意义较小，更注重对侠士武技奇行的正面描写。不仅渲染行侠效果，而且注重侠士武功，打斗场面也异彩纷呈，各种技击、道术与药物在实践中得到应用，豪侠形象也由初期充当故事背景渐移至舞台中心。

◎ 昆仑奴

《昆仑奴》写一名叫磨勒的昆仑族奴仆，帮助主人崔生排除困难，与某一品大官的侍婢红绡结为夫妇的故事。崔生是大历年间人，他奉父命去探望一位大官，大官的歌妓红绡对崔生一见钟情，并以手势隐语示意崔生。回到家中，崔生因不解其隐语而迷惘惆怅。其奴磨勒为他解释了

◎《昆仑奴传》插图

隐语的意思，并按约定在十五月圆之夜，背负崔生飞越十重垣墙，与红绡相会。磨勒非常同情红绡的不幸遭遇，把她从困难的牢笼中救了出来，他身负二人“飞出峻垣十余重”，而不为人觉察，使二人结为夫妻。后来事情泄露，那个一品大官命甲士围捕磨勒，昆仑奴在“甲士五十人，严持兵仗”的情况下“持匕首，飞出高垣，瞥若翅翎，疾同鹰隼，攒矢如雨，莫能中之”。从此不知去向。十几年后，崔家人见磨勒在洛阳市上卖药，容颜如旧。作品不仅展示了昆仑奴的聪明才智和侠肝

◎（明）王伯良刊本《磨勒盗红绡》

义胆，同时，昆仑奴身为奴仆，思想精神却是自由的、充满反抗意识的，他救出被压迫、被奴役的红绡，也反映了人们的理想和愿望。《昆仑奴》对后代的影响很大，宋元南戏有佚名氏《磨勒盗红绡》，明代有《盗红绡》《红绡记》等，而更生子的《双红记》则将红绡与红线女的故事合为一传。

《聂隐娘传》见于《太平广记》卷一九四。聂隐娘本是贞元年间魏博大将聂锋之女，十岁时被一个僧尼夺去，五年后归来，已学成了神秘莫测的剑术，能飞檐走壁，白日杀人于市而无人能见，心性也因此变得隐忍。后来她与一个磨镜人结为夫妇。元和年间，魏博节度使与陈许节度使刘昌裔不和，便派聂隐娘去刺杀刘昌裔。而刘昌裔善神算，已经预卜刺杀之事，知道隐娘夫妇将乘白驴黑驴各一匹前来，便派人前去迎接聂隐娘夫妇。隐娘夫妇见刘昌裔神明豁达，强于魏帅，

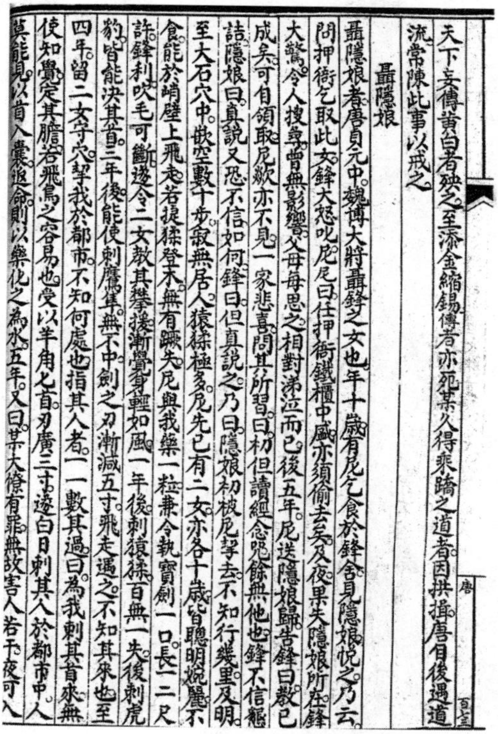
天下妄傳黃白者殃之至添金縮錫傳者亦死某久得乘蹻之道者因拱揖唐眉後遇道
流常陳此事以戒之
聶隱娘
聶隱娘者唐貞元中魏博大將聶鋒之女也年十歲有尼乞食於鋒舍見隱娘悅之乃云
問押衙乞取此女鋒大怒叱尼尼曰任押衙鐵櫃中盛亦須偷去矣及夜果失隱娘所在鋒
大驚令人搜尋曾無影響父母每思之相對涕泣而已後五年尼送隱娘歸告鋒曰教已
成矣可自領取尼欻亦不見一家悲喜問其所習曰初但讀經念咒餘無他也鋒不信懇
詰隱娘曰真說又恐不信如何鋒曰但真說之乃曰隱娘初被尼挈去不知行幾里及明
至大石穴中嵌空數十步寂無居人猿狖極多尼先已有二女亦各十歲皆聰明婉麗不
食能於峭壁上飛走若捷猱登木無有蹶失尼與我藥一粒兼令執寶劍一口長二尺
許鋒利吹毛可斷遂令二女教其攀援漸覺身輕如風一年後刺猿狖百無一失後刺虎
豹皆能決其首三年後能使刺鷹隼無不中劍之刃漸減五寸飛走遇之不知其來也至
四年留二女守穴挈我於都市不知何處也指其人者一一數其過曰為我刺其首來無
使知覺定其膽若飛鳥之容易也受以羊角匕首刃廣三寸遂白日刺其人於都市中人
莫能見以首入囊返命則以藥化之為水五年又曰某大僚有罪無故害人若干夜可入

◎《剑侠传·聂隐娘》书影

便情愿投靠，反过来保护刘昌裔。她先战胜了精精儿，妙手空空儿便跟踪而来，二人展开激战：

隐娘曰："后夜当使妙手空空儿继至。空空儿之神术，人莫能窥其用，鬼莫得蹑其踪。能从空虚而入冥，善无形而灭影，隐娘之艺，故不能造其境。此即系仆射之福耳。但以于阗玉周其颈，拥以衾，隐娘当化为蠛蠓，潜入

仆射肠中听伺，其余无逃避处。”

刘如言。至三更，瞑目未熟，果闻项上铿然，声甚厉。隐娘自刘口中跃出，贺曰：“仆射无患矣。此人如俊鹘，一搏不中，即翩然远逝，耻其不中耳，才未逾一更，已千里矣。”后视其玉，果有匕首划处，痕逾数分。

◎ 聂隐娘

这里妙手空空儿始终未显形迹，只是通过聂隐娘之口描绘了他高妙的技艺和孤傲绝尘的为人，面对这样一个神秘强大的对手，隐娘的机智果断就凸显出来。后来，隐娘辞去。开成年间，刘昌裔的儿子在蜀栈道上遇见了隐娘，此后隐娘不再在尘世露面。传中人物描写运用了白描手法，而以故事的奇幻、人物的神奇见长。它对后来豪侠小说重视描写武功技击、将武侠与神仙融合的创作方法，有一定的影响。

袁郊的《甘泽谣》里，有《红线》一则，也极为流行。《甘泽谣》作于咸通戊子（868），正是剑侠故事流传极盛的时候。其中的红线，是典型的女侠之一。

唐潞州节度使薛嵩家青衣红线者，善弹阮咸，又通经史，嵩乃俾掌其笺表，号曰“内记室”。时军中大宴，红线谓嵩曰：“羯鼓之声，颇甚悲切，其击者必有事也。”嵩素晓音律，曰：“如汝所言。”乃召而问之，云：“某妻昨夜身亡，不敢求假。”嵩遽遣放归。

全篇开首就用一则小故事展示了红线通晓音律、明敏博识的形象。这是史传写人常用的手法。接着写安史之乱后，北方两河地区不安定，魏博节度使田承嗣怀有野心，蠢蠢欲动。薛嵩是薛仁贵的后人，对唐王室是忠诚的，对这种现象非常忧虑。于是，红线挺身而出，为主解忧，并自信地说一旦出行就不会失手，小说是这样描写的：

乃梳乌蛮髻，贯金雀钗，衣紫绣短袍，系青丝轻履，胸前佩龙文匕首，额上书太一神名。再拜而倏忽不见。嵩乃返身闭户，背烛危坐。常时饮酒，不过数合。是夕举觞，十余不醉。忽闻晓角吟风，一叶坠露。惊而起问，即红线回矣。嵩喜而慰问：“事谐否？”红线曰：“不敢辱命。”又问曰：“无伤杀否？”曰：“不至是，但取床头金合为信耳。”红线曰：“某子夜前二刻，即达魏城，

◎ 红线

凡历数门，遂及寝所。闻外宅儿止于房廊，睡声雷动。见中军士卒，步于庭庑，传呼风生。乃发其左扉，抵其寝帐。田亲家翁止于帐内，鼓趺酣眠，头枕文犀，髻包黄縠，枕前露一星剑，剑前仰开一金合，合内书生身甲子，与北斗神名。复以名香美珠，散覆其上。然则扬威玉帐，坦其心豁于生前；熟寝兰堂，不觉命悬于手下。宁劳擒纵，只益伤嗟。时则蜡炬烟微，炉香烬委，侍人四布，兵器交罗。或头触屏风，鼾而亸者；或手持巾拂，寝而伸者。某乃拔其簪珥，縻其襦裳，如病如昏，皆不能寤。遂持金合以归。出魏城西门，将行二百里，见铜台高揭，漳水东流，晨鸡动野，斜月在林。忿往喜还，顿忘于行役。感知酬德，聊副于依归。所以当夜漏三时，往返七百里，入危邦一道，经过五六城，冀减主忧，敢言其苦？”

红线一夜之间往返七百里，轻而易举地盗取了田承嗣床头的宝盒，还把侍从们戏弄一番，然后从容归去。此段文字韵散结合，收放自如，生动地再现了红线成竹在胸、从容不迫的气度。她的这次侠义行为，巧妙地压制住了田承嗣的狂妄气焰，迫使他收敛扩张的野心，也使人民免受战乱之苦。完成这次义举后，红线告诉薛嵩，自己前世本为男子，以医为业，因误伤人命，今世谪为女子。今谪期已满，将还本形。临别时说：

◎ （明）尤求《红拂图》

> 况国家建极，庆且无疆。此辈背违天理，当尽弭患。……两地保其城池，万人全其性命，使乱臣知惧，烈士谋安。

可见，红线的行动虽有浓厚的传奇色彩，但她所表达的却是当时人们普遍的愿望，真实与奇幻在红线这个人物身上得到了统一。

约与此同时，又有著名的《虬髯客传》，杜光庭作。杜光庭，字宾至，处州缙云人，为唐末道士，著有《神仙感遇传》《仙传拾遗》等书。《虬髯客传》即出自《神仙感遇传》一书。它讲述的是隋末乱世，当时的权臣杨素有一个侍妓红拂，目睹李靖说服杨素的场面后，对他的才略赏识有加，于是夜奔李靖：

> 靖归逆旅。其夜五更初，忽闻叩门而声低者，靖起问焉。乃紫衣戴帽人，杖揭一囊。靖问谁？曰："妾，杨家之红拂妓也。"靖遽延入。脱衣去帽，乃十八九佳丽人也。素面华衣而拜。靖惊答拜。曰："妾侍杨司空久，阅天下之人多矣，未有如公者。丝萝非独生，愿托乔木，故来奔耳。"靖曰："杨司空权重京师，如何？"曰："彼尸居余气，不足畏也。诸妓知其无成，去者众矣。彼亦不甚逐也。计之详矣。幸无疑焉。"问其姓，曰："张。"问

其伯仲之次。曰："最长。"观其肌肤、仪状、言词、气性，真天人也。

在逃亡路上二人遇见了到太原访异人、意在图王的虬髯客：

◎ 风尘三侠

张氏以发长委地，立梳床前。靖方刷马，忽有一人，中形，赤髯如虬，乘蹇驴而来。投革囊于炉前，取枕欹卧，看张梳头。靖怒甚，未决，犹刷马。张熟视其面，一手握发，一手映身摇示，令勿怒。急急梳头毕。敛衽前，问其姓。卧客答曰："姓张。"对曰：

“妾亦姓张。合是妹。”遽拜之。问第几。曰：“第三。”问妹第几。曰：“最长。”遂喜曰：“今日多幸，逢一妹。”张氏遥呼：“李郎且来拜三兄！”公骤拜。

这里主要从红拂和李靖的视角来写虬髯客外貌举止的粗豪狂放，同时也映衬出红拂的胆识。后虬髯客见到“李公子”李世民，觉得其气度不凡，“真天子也”！虬髯客并未死心，又约

◎（清）任伯年《风尘三侠图》

了一个神秘的“道兄”再次去太原，借下棋的机会，确认李世民有帝王气象，于是他自愧弗如，远逝海岛称王，并将家财都赠予李靖夫妇，告诫李靖尽心辅佐李世民，以取功名。十多年后，李靖果然成了唐王朝的开国元勋。这篇作品同时展现了三个具有英雄气概的人物，他们由相逢到相知，由相知到分别，彼此映衬中显得很有生气。他们不像一般的侠客那样系心于个人恩怨，也不以非凡的武功见长，却能居于乱世而纵观天下，

◎《红拂记》插图

以其对时势的清醒认识和对未来的明智选择展示出大侠的气魄和精神境界。它实际上是李靖、红拂女与虬髯客三人的合传，所以“风尘三侠”的典故流传后世，也说明其在塑造人物形象上的功力。

《虬髯客传》描写人物纯用散笔白描，或粗笔勾勒，或精雕细刻，栩栩如生，雄健瑰丽，颇有《史记》遗风。文中叙写场景，或实或虚，所用笔墨只不过两千字，但每件事都写得生动有致，足见其艺术手腕的精炼传神。作品在英雄豪迈之气中，穿插了儿女之情，很有浪漫气息。明代梁辰鱼的《红拂剧》、张凤翼的《红拂记》、凌濛初的《虬髯翁》《北红拂》等，都是根据这个故事改编的戏剧作品。

◎ 车中女子

此外，薛用弱《集异记》中《胡媚儿》一篇讲了一个女盗侠的故事。故事收录在《太平广记》卷二八六。说扬州坊市突然来了一个变戏法的女子，自称胡媚儿，每天都能求得钱千万。一天，她从怀里掏出一个玻璃瓶，看起来可装半升，里外通透，瓶口只有苇管那么大，说："只要把这个瓶子装满，我就很满足了。"于是，有人给她百钱，她把钱投入瓶中，"琤然有声"，瓶口却变得像一粒米那么大了，众人都非常惊异。又有人拿了千钱、万钱、十万钱来试，结果都是这样的。这时候，有押送两税钢的队伍经过这里，有轻货数十车，他们停下车也来观看，对胡媚儿说："你能让这么多车都进到瓶子里吗？"胡媚儿说："你同意我就可以做到。"于是，她微微倾斜瓶口，大喝一声，只见车子一一进入瓶中，胡媚儿纵身一跳，也进入瓶中，不知去向。后来，有人看到胡媚儿领着一队车马，往东平李师道那里去了。这个离奇的故事反映了一个社会现实，就是唐末藩镇割据，地方军政大权都集中在节度使手中，敢于抢夺朝廷贡品的胡媚儿大概表现了当时藩镇势力之大。

无名氏《原化记》中的《嘉兴绳技》《车中女子》《义侠》等也是剑侠小说，故事大概也作于此时。《车中女子》被收入《太平广记》卷一九三。故事讲述的是唐玄宗开元年间，吴郡

◎ 嘉兴绳技

一书生入京应举，结识了两位少年，经这两位少年的介绍，书生认识了一个“年可十七八，容色甚佳，花梳满髻，衣则纨素”的女侠，她身怀绝技，与人合伙偷盗宫中的宝物。作者通过写她的同伙有在墙面上立行的奇技，并对她像对待主人一样毕恭毕敬，从侧面烘托车中女子的神奇，同时也通过描写她自空而降、出入七八丈的深井地牢救出书生等事正面展示了她的武功。《嘉兴绳技》写囚犯援绳升天而逃的事情。记载唐开元年间，朝廷诏令各地组织大型文艺活动，嘉兴县的主管官吏正为拿不出精彩的节目发愁。狱中有一个囚犯说自己有一门绝技可以献上，并说自己的绳技与众人不同：别人的绳技要系住绳子的两头，然后在上面行走周旋，而自己只需要一条手指粗细的、长五十尺的绳子，不用系，只要抛向空中，则无所不为。于是，他被安排去表演：

明日，吏领至戏场，诸戏既作，次唤此人，令效绳技。遂捧一团绳，计百余尺，置诸地，将一头，手掷于空中，劲如笔，初抛二三丈，次四五丈，仰直如人牵之，众大惊异。后乃抛高二十余丈，仰空不见端绪。此人随绳手寻，身足离地，抛绳虚空，其势如鸟，旁飞远扬，望空而去，脱身狴犴，在此日焉。

这个故事中的囚犯借助自己的绝技救了自己的命，好像算

◎ 兰陵老人

不上侠客，但也从一个侧面证明了民间确实有很多高人。这一绝技，后来的明人钱希言的作品、清代蒲松龄的《聊斋志异》等都有描写，大概由此篇发端。

段成式《酉阳杂俎》以志怪小说为主，个别篇幅较长的带有传奇的意味，特别是其中的剑侠小说，如《京西店老人》《兰陵老人》《僧侠》《唐山人》《周皓》等，大多被后人选入各类《剑侠传》中。《兰陵老人》讲述黎干为京兆尹时，在曲江祈雨，观看的人成千上万，只有一个老人植杖不避。黎干怒而杖之，老人掉臂而去。黎干才知道老人非同寻常，派人寻找，在兰陵里之南找到老人。夜晚时分，黎干登门谢罪，老人设酒宴招待，夜深酒酣之际，老人自称献技：

拥剑长短七口，舞于中厅。迭跃挥霍，攙光电激。或横若掣帛，旋若规火。有短剑二尺余。时时及黎之衽，黎叩头股栗。食顷，掷剑于地，如北斗状。

◎ 京西店老人

老人出神入化的剑术与现代武侠小说中的描写已较接近，而黎干在这个鸿门宴中受到惊吓，回家后好像大病一场，照照镜子，才发现寸把须发被剃落。这是从侧面去写老人剑术的高超。《京西店老人》也是讲剑侠的，只不过此篇中的剑术纯是虚写。故事是一个叫韦行规的年轻人讲自己的经历。他善射弓箭，一次，去京都以西游玩，黄昏时分才走到一家客店。他打算继续赶路，店里一位老人劝他不要走夜路。韦行规不听规劝，继续前行。天已经黑了，有人从草丛中跃出来跟踪他，他大声喝问，不见回答，于是向那人射箭，明明射中了，那人却不倒，箭射完了，那人仍不退，韦行规害怕了，策马奔逃。这时，风雷交加，韦行规急忙下马，躲在一棵大树下。只见空中电光闪闪，气势逼人，觉得有东西纷纷落在周围。韦行规仔细一看，原来是许多木片。不多时，掉下的木片埋至膝盖，他十分惊恐，扔掉弓箭，朝空中跪拜。风雷声停止了，电光也消失了。韦行规看看周围，大树的树干早已光秃秃了，马鞍、行囊也不翼而飞了。韦行规回到原先的客店，店中老人正在箍桶，老人笑着说："不能只依仗弓箭，还必须懂得剑术。"韦行规意识到他是一位非凡的人，昨夜的风雷、电光就是他使的剑术，于是向老人施礼致歉。老人把韦行规带到后院，指着马鞍和行囊说："我只是想试试你。"韦行规想拜老人为师，老人不答应，只稍微教给他一点剑术。

《僧侠》写了两位武功高手的相见，如：

> 僧前行百余步，韦生知其盗也，乃弹之，正中其脑。僧初若不觉，凡五发中之，僧始扪中处，徐曰："郎君莫恶作剧。"韦生知无可奈何，亦不复弹。见僧方至一庄，数十人列炬出迎。僧延韦生坐一厅中……前执韦生手曰："贫道，盗也。本无好意，不知郎君艺若此，非贫道亦不支也……适来贫道所中郎君弹悉在。"乃举手搦脑后，五丸坠地焉。

此段用笔简洁，以对比映衬的手法写了两个人的高超技艺。

词人孙光宪的《北梦琐言》里，也记载了几则同类的故事，如《荆十三娘》等。这类故事不仅由唐末蔓延到五代，到了宋初，有吴淑的《江淮异人传》出现，全写剑侠故事，已经

◎ 荆十三娘

把复仇故事当作一种专门的写作目标了。

晚唐传奇中还出现了很多讽世之作。如李玫的《徐玄之》，描写了蚁国君臣的昏庸糊涂、是非不分，实际是对当时政治情况的隐喻，并以蚁国的最终毁灭警示唐王朝的即将崩溃。张读的《杨叟》，写富翁杨叟因“财产既多，其心为利所运”而得“失心”疾，需食活人之心。其子拜佛求之，于山中逢一胡僧，许予己心，但求一饭。饭毕，胡僧跃上高树，将杨子嘲笑一番，化猿而去。文中对那些利欲熏心，以至于求佛杀人的富翁进行了极尖锐、大胆的讽刺。可以看作晚唐讽刺小品的先声。《传奇》中《陶尹二君》通过叙述古秦人向陶尹二君追述入山成仙的经过，寄寓了酷政之下人们走投无路，只有逃离的深意。《陈鸾凤》记述了陈鸾凤为民除害，冒死与雷神搏斗，却不被愚民理解，要把他打死，其中的悲愤可想而知。《原化记》中的《京都儒士》，写京都一儒士自称有胆气不畏鬼怪，某夜独宿凶宅，心中惊怖，丑态毕露，刻画了一个言行不一致的知识分子形象。《三水小牍》中的《却要》写湖南观察使李庚家女奴，面对四个公子哥的调戏，从容应付，设计加以揶揄，表现了被压迫者的机智和反抗。《玄怪录》中的《古元之》是通过正面描绘极乐世界，来表达对现实世界的不满和批判的。这里的人们“人生二男二女，为邻则世世为婚姻”，“其国千官皆足，而仕官不知身之所在，杂于下人”；“虽有君主，而君不自知为君，杂于千官”；“一国之人，皆自相亲，有如戚属，人各相惠多与，无市易商贩之事，以不求利故也”。这是士人的理想，也是一般世人的愿望，但在现实生活中却是不能实现的，所以作品结尾说古元之“疏远人事，都忘宦情，游行山水，自号知和子，后竟不知所终也”。这类作品篇幅短小而含意隽永，题材虽不离灵怪，但却具有现实意义。恰如汪辟疆在《三水小牍》按语中所说：“是于侈陈灵异之余，隐寓垂诫之旨。至文辞雅饰，不失唐人轨范，又未可以猥琐诞妄视之也。”[1]晚唐传奇中这类主题的创作基本上还是发扬了兴盛时期的传统，维持着传奇的发展。

此期单篇传奇也有表现爱情主题的，且有自己的艺术特点。如《太平广记》卷四九二收录的无名氏《灵应传》。故事讲的是泾原之东二十里有一座九娘子神祠，泾原节度使周宝有一次梦见九娘子来访，说父母强迫她再嫁朝那小龙的季弟，她严词拒绝，朝那神兴兵来逼婚，因此前来求周宝发兵援助，周宝梦中许诺。经过战斗，他们终于战胜朝那小龙。故事在情节和人物性格等方面，受《柳毅传》的影响较大，有很多模拟的痕迹。《原化记》中的《吴堪》，收录在《太平广记》卷八三。讲述常州义兴县有一鳏夫吴堪，没有兄弟，性情恭顺，为县小吏。吴堪家临荆溪，他经常护蔽溪水，不让它受污染。每天从衙门回家，都临水赏玩，敬而爱之。有一天，吴堪在溪水边拾得一枚白螺，便把它带回家放在水里养着。从此以后，吴堪每天回家，饭菜都有人准备好了。吴堪以为是邻居同情自己为他做饭，就去致谢。邻家婆婆却说有一美丽女子为她做饭。于是，第二天，吴堪就在门外偷窥，看到女子从螺中走出来后，就冲进屋，拦住了女子。原来女子是上天派来的仙女，二人于是结为夫妇。县令听说吴堪娶了漂亮的妻子，就想据为己有，对吴堪百般刁难，每次螺女都帮他化解危机。最后，县令说要

[1] 汪辟疆校录：《唐人小说》，上海古籍出版社 1978 年版，第 288 页。

蜗斗一枚，吴堪就牵了一个能食火、粪火的异兽给他，结果大火突起，烧死了县令一家，吴堪和妻子也不见了。这个故事是根据《搜神后记》中《白水素女》的故事创作的传奇小说，在情节上加了县令与螺女的斗争过程，突出了人物间的矛盾冲突，人物的性格也得到了更好的展现，体现了反抗压迫的精神，有很浓厚的民间传说的意味。

综观晚唐传奇，多纵横笔墨，侈谈灵异，主题上缺乏突破，艺术技巧上也没有太大的进步，以致到后期出现了很多模拟之作，或模拟前代传奇中的名篇，或改写六朝志怪传奇，或就先前诗文意境敷衍故事，表明传奇作家开始脱离现实人生，抒情寄意和技巧创新随之失落，这就决定了它很难有大的成就。还有就是语言的问题，传奇小说的创作者多是士大夫文人，用的语言是文言书面语，虽然中唐极盛时期的传奇已经能突破文言限制，展示俗话语言的清新活泼。但到了唐晚期，传奇语言大抵追求雅化，很多篇章都有骈俪化的倾向，这使它失去了很多读者，推广发展就出现问题了。唐以后的小说多用口语和白话，预示了小说发展需要更多民众的参与，新的小说体制要随之出现。

肆

侈陈灵异之余，隐寓垂诫之旨

——唐传奇的史家情怀

長恨歌傳

唐 陳鴻

唐開元中泰階平四海無事玄宗在位歲久勌于旰食宵衣政無小大始委于丞相稍深居游宴以聲色自娛先是元獻皇后武淑妃皆有寵相次即世宮中雖良家子千數無可悅目者上心忽忽不樂時每歲十月駕幸清華宮內外命婦熀耀景從浴日餘波賜以湯沐春風靈液澹盪其間上心油然恍若有遇顧左右前後粉色如土詔高力士潛搜外宮得弘農楊玄琰女于壽邸既笄矣鬒髮膩理纖穠中度舉止閑冶如漢武帝李夫人別疏湯泉詔賜澡瑩既出水體弱力微若不任羅綺光彩煥發轉動照人上甚悅進見之日奏霓裳羽衣以導之定情之夕授金釵鈿合以固之又命戴步搖垂金璫明年冊為貴妃半后服用繇是冶其容敏其詞婉孌萬態以中上意上益嬖焉時省風九州泥金五嶽驪山雪夜上陽春朝與上行同輦止同室宴專席寢專房雖有三夫人九嬪二十七世婦八十一御妻暨後宮才人樂府妓女使天子無顧盼意自是六宮無復進幸者非徒殊豔尤態獨能致是蓋才智明慧善巧便佞先意希旨有不可形容者焉叔父昆弟皆列在清貴爵為通侯姊妹封國夫人富埒王室車服邸第與大長公主侔而恩澤勢力則又過之出入禁門不問京師長吏為之側目故當時謠詠有云生女勿悲酸生男勿喜歡又曰男不封

長恨歌傳 一

◎ 扫叶山房本《长恨歌传》书影

（一）因事衍情——抒治乱兴衰感慨

唐传奇作家在谈说爱情、豪侠和灵异的同时，也把目光投注在一些重大的政治和历史事件上，表现了强烈的历史意识和政治忧患意识。这种文化自觉，一方面是对《史记》《汉书》史家传统的继承，另一方面也是士人们在治乱盛衰的历史发展过程中自觉地思考。因此，历史始终是他们关注并在作品中予以观照的对象。他们在观照某朝某代的历史时，或直接议论，或细致描写，或托以仙鬼，大多会作出判断和评价，而且常常把历史对象情感化，发思古之幽情。[1]在这类作品中，有一部分是直接叙写历史人物和事件的，如郭湜的《高力士外传》、陈鸿的《长恨歌传》、无名氏的《大业拾遗记》和“隋炀帝三记”（《海山记》《开河记》《迷楼记》）等，大都是根据文字材料和民间传闻加工而成，从叙事上属于史传叙事模式。

述写安史之乱和唐玄宗比较有名的传奇作品，就是陈鸿的《长恨歌传》。《太平广记》卷四八六题为《长恨传》，其篇末交代了此传的创作缘起。元和元年（806），白居易任盩厔县尉时，与友人陈鸿等游寺，谈及唐玄宗与杨贵妃的事情，写成了著名的长篇叙事诗《长恨歌》，并请陈鸿写一篇传放在诗歌

[1] 李剑国：《古稗斗筲录——李剑国自选集》，南开大学出版社 2004 年版，第 131 页。

◎《长生殿·定情》插图

的前面，这就是《长恨歌传》。诗与文的内容基本是相同的，只是在陈鸿的《长恨歌传》中多了几许批判，多了几许盛衰感慨，其中贯穿了唐玄宗和杨贵妃生死缠绵的爱情，以及作者为之惆怅的情绪，和白居易《长恨歌》的基调是一样的。《长恨歌传》比较忠实于历史真相，对唐玄宗的荒于政事、沉溺女色、专宠杨氏，以及杨贵妃邀恩谄媚的情况描写得比较具体。文章开篇就写了唐玄宗晚年耽于声色、荒于国事：

> 玄宗在位岁久，倦于旰食宵衣，政无大小，始委于右丞相，稍深居游宴，以声色自娱。先是元献皇后、武淑妃皆有宠，相次即世。宫中虽良家子千数，无可悦目者。上心忽忽不乐。时每岁十月，驾幸华清宫，内外命妇，熠耀景从。浴日余波，赐以汤沐。春风灵液，澹荡其间。上心油然，若有所遇，顾左右前后，粉色如土。诏高力士潜搜外宫，得弘农杨玄琰女于寿邸，既笄矣。鬓发腻理，纤秾中度，举止闲冶，如汉武帝李夫人。别疏汤泉，诏赐藻莹，既出水，体弱力微，若不任罗绮。光彩焕发，转动照人。上甚悦，进见之日，奏《霓裳羽衣曲》以导之；定情之夕，授金钗钿合以固之。又命戴步摇，垂金珰。明年，册为贵妃，半后服用。

而杨贵妃为了赢得玄宗的恩宠，也是“冶其容，敏其词，

◎ （明）钱选《贵妃上马图》

婉娈万态，以中上意，上益嬖焉”。玄宗生活上的腐朽引起了政治上的昏乱：

> 非徒殊艳尤态致是，盖才智明慧，善巧便佞，先意希旨，有不可形容者。叔父昆弟皆列位清贵，爵为通侯。姊妹封国夫人，富埒王宫，车服邸第，与大长公主侔矣。而恩泽势力，则又过之，出入禁门不问，京师长吏为之侧目。故当时谣咏有云：“生女勿悲酸，生男勿喜欢。”又曰：“男不封侯女作妃，看女却为门上楣。”其为人心羡慕如此。天宝末，兄国忠盗丞相位，愚弄国柄。及安禄山引兵向阙，以讨杨氏为词。

◎（唐）张萱《虢国夫人出游图》

此段用简洁的史笔直接点出了安史之乱的主要原因，就是唐玄宗专宠杨氏，弄得朝野怨怒，国家纲纪败坏，安禄山趁机谋反。接下来就是著名的“马嵬事变”，在将士们强烈的义愤中，杨贵妃被赐死马嵬坡。唐玄宗回到长安后，很思念杨贵妃，请巴蜀道士为其招魂，最后在东海最高的一座山上找到了。小说在这里描写了已经成仙的杨贵妃的住所及其情感：

又旁求四虚上下，东极天海，跨蓬壶。见最高仙山，上多楼阙，西厢下有洞户，东向，阖其门，署曰“玉妃太真院”。方士抽簪扣扉，有双鬟童女，出应其门。方士造次未及言，而双鬟复入。俄有碧衣侍女又至，诘其所从来。方士因称唐天子使者，且致其命。碧衣云：“玉妃方寝，请少待之。”于时云海沈沈，洞天日晓，琼户重阖，悄然无声。方士屏息敛足，拱手门下。久之，而碧衣延入，且曰：“玉妃出。”见一人冠金莲，披紫绡，佩红玉，

◎《长生殿·埋玉》插图

曳凤舄，左右侍者七八人，揖方士，问皇帝安否，次问天宝十四载以还事。言讫，悯然。指碧衣女取金钗钿合，各析其半，授使者曰：“为我谢太上皇，谨献是物，寻旧好也。”方士受辞与信，将行，色有不足。玉妃固征其意。复前跪致词：

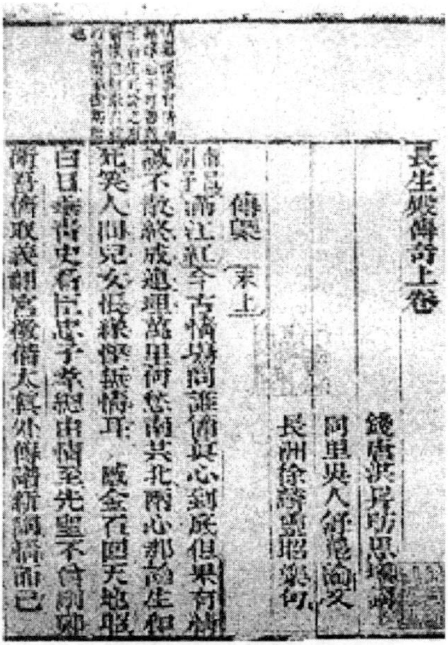
長生殿傳奇上卷
錢唐洪昇昉思填詞
同里吳人舒鳧論文
長洲徐麟靈昭校句
傳概（末上）
南呂引子滿江紅今古情場問誰箇真心到底但果有精誠不散終成連理萬里何愁南共北兩心那論生和死笑人間兒女悵緣慳無情耳　感金石回天地昭白日垂青史看臣忠子孝總由情至先聖不曾刪鄭衛吾儕取義翻宮徵借太真外傳譜新詞情而已

◎ 清康熙年间刻本《长生殿》书影

“请当时一事，不为他人闻者，验于太上皇，恐钿合金钗，负新垣平之诈也。”玉妃茫然退立，若有所思，徐而言曰：“昔天宝十载，侍辇避暑于骊山宫。秋七月，牵牛织女相见之夕，秦人风俗，是夜张锦绣，陈饮食，树瓜华，焚香于庭，号为乞巧。宫掖间尤尚之。时夜殆半，休侍卫于东西厢，独侍上。上凭肩而立，因仰天感牛女事，密相誓心，愿世世为夫妇。言毕，执手各呜咽。此独君王知之耳。”

◎《长生殿·密誓》插图

这段文字描写细腻，生动地刻画了杨贵妃的痴情，使读者不禁产生一种同情之心，从艺术效果上冲淡了前一部分的讽喻主题。大概杨贵妃的故事本为唐人津津乐道，民间传说又多同情李杨爱情，陈鸿根据这些民间传说和《长恨歌》创作时展现了思想上的矛盾。到了宋代，史官乐史曾经摭采了《明皇杂录》《开天传信记》《安禄山事迹》《酉阳杂俎》等书和本篇，把故事改写为《杨太真外传》2卷，文章写得更凄艳动人。用本篇作为戏剧题材的，元代有白朴的《梧桐雨》，清代有洪昇的《长生殿》。

柳珵的《上清传》见《太平广记》卷二七五，被《资治通鉴考异》卷十九引用，写德宗朝大臣之间互相倾轧的事情。文章一开始，就写了相国窦参所宠侍女上清的机智沉着：

> 贞元壬申（八年）春三月，相国窦公居光福里第，月夜闲步于中庭。有常所宠青衣上清者，乃曰："今欲启事，郎须到堂前，方敢言之。"窦公急上堂，上清曰："庭树上有人，恐惊郎，请谨避之。"

原来是翰林学士陆贽欲夺窦之权位，派刺客前来刺杀窦参，窦参给了刺客一大笔钱财，刺客就离开了。陆贽又反诬窦参内蓄刺客，外通藩镇，图谋不轨。结果，窦参被贬为郴州别驾。接着，又被抄没家产，流放驩州，途中又被诏赐自尽。

这一切都是陆贽的阴谋。之后，上清被收入宫中，寻机向德宗讲述了事情的经过，揭穿了陆贽的真面目。德宗气愤地说："这獠奴，我脱却伊青衫，便与紫衫着。又常唤伊作陆九。我任窦参，方称意次，须教我枉杀却他。及至权入伊手，其为软弱，甚于泥团。"于是窦参的冤案得以平反。这时，判度支事裴延龄见宰相陆贽恩衰见疏，便乘机进行诬陷，结果陆贽也受谴谪，裴延龄等则权倾宰相。司马光认为陆贽是贤相，不可能做出此等儿戏之事，因此，《资治通鉴》不采此说。但唐代后期，朝政黑暗、朋党相互倾轧也是屡见不鲜的事实。小说作者以此为素材，虚构了上清这样一个宫中侍女的形象，从她的角度叙述故事，展示窦参与陆贽之间的矛盾斗争，使情节发展有了明晰的线索，经过这样的艺术加工后，既塑造了上清明敏忠义的形象，也真实反映了当时社会统治阶级内部的尖锐矛盾，可以说是以传奇写现实。

（二）遗老述旧——考历史演进得失

还有一种是用人物或亡灵追述历史的方法写成的传奇，如陈鸿祖的《东城老父传》、韦瓘的《周秦行记》、张读的《宣室志》卷四《陆乔》、裴铏《传奇》中的《颜濬传》《薛昭传》等。这类作品不一定是以历史为表现主题的，但对历史的描写都比较突出，或讲述人物遗事，或辨析历史事实，或描述乱世，或抒发情感，各有不同的侧重点。《东城老父传》见于《太平广记》卷四八五，是自称陈鸿祖的作者写于元和五年（810），以采访的形式，用简约的史笔写成。所谓东城老父就是玄宗时善斗鸡的贾昌，他亲身经历了开元、天宝间的治乱兴衰。小说前一部分写开元中，自玄宗而下都喜欢斗鸡游戏，王公贵族甚至为此破产：

> 玄宗在藩邸时，乐民间清明节斗鸡戏。及即位，治鸡坊于两宫间。索长安雄鸡，金毫铁距、高冠昂尾千数，养于鸡坊，选六军小儿五百人，使驯扰教饲。上之好之，民风尤甚。诸王世家、外戚家、贵主家、侯家，倾币破产市鸡，以偿鸡值。都中男女，以弄鸡为事，贫者弄假鸡。

有一次，玄宗出游，见贾昌弄木鸡于道旁，召入为鸡坊小儿。当时贾昌只有七岁，但他入鸡群，能知壮者弱者、勇者怯者、饥渴之时、疾病之候，他还能使鸡听令如人，其斗鸡的场面是很壮观的：

> 昌冠周雕翠金华冠，锦袖绣襦裤，执铎拂，导群鸡，叙立于广场，顾眄如神，指挥风生。树毛振翼，砺吻磨距，抑怒待胜，进退有期，随鞭指低昂，不失昌度。胜负既决，强者前，弱者后，随昌雁行，归于鸡坊。

凭借这个本领，贾昌被提拔为五百小儿长，备受恩宠。当时人号为神鸡童。玄宗还为他娶了梨园弟子潘大同的女儿为妻，潘氏也因歌舞出色受宠于杨贵妃。开元十三年（725），贾昌护理着笼鸡三百跟随唐玄宗祭祀泰山。他的父亲贾忠死在泰山，贾昌得到特许，以孝子的礼节奉尸归葬雍州，发丧用的竟是驿站的马匹。之后，安史之乱爆发，安禄山以千金悬赏求贾昌，贾昌舍弃妻子，出家为僧。文章后一部分，记述了贾昌根据自己的认识和经历，谈论开元盛世的治乱之由：

老人少时，以斗鸡求媚于上。上倡优畜之，家于外宫，安足以知朝廷之事。然有以为吾子言者。老人见黄门侍郎杜暹出为碛西节度，摄御史大夫，始假风宪以威远。见哥舒翰之镇凉州也，下石堡，戍青海城，出白龙，逾葱岭，界铁关，总管河左道，七命始摄御史大夫。见张说之领幽州也，每岁入关，辄长辕挽辐车，辇河间、蓟州庸调缯布，驾轊连軏，坌入关门。输于王府，江淮绮縠，巴蜀锦绣，后宫玩好而已。河州敦煌道岁屯田，实边食，余粟转输灵州，漕下黄河，入太原仓，备关中凶年。关中粟米，藏于百姓。天子幸五岳，从官千乘马骑，不食于民。老人岁时伏腊得归休，行都市间，见有卖白衫白叠布。行邻比廛间，有人禳病，法用皂布一匹，持重价不克致，竟

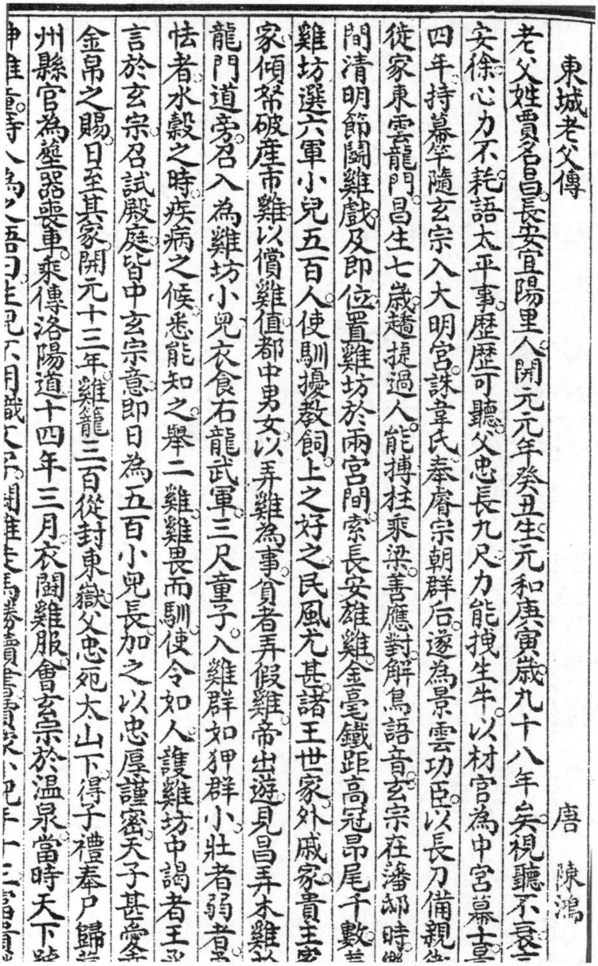

東城老父傳　　唐　陳鴻

老父姓賈名昌長安宣陽里人開元元年癸丑生元和庚寅歲九十八年矣視聽不衰言
安徐心力不耗語太平事歷歷可聽父忠長九尺力能拽生牛以材官為中宮幕士景
四年持幕竿隨玄宗入大明宮誅韋氏奉睿宗朝群后遂為景雲功臣以長刀備親
徙家東雲龍門昌生七歲趫捷過人能摶柱乘梁善應對解鳥語音玄宗在藩邸時
間清明節鬬雞戲及即位置雞坊於兩宮間索長安雄雞金毫鐵距高冠昂尾千數
雞坊選六軍小兒五百人使馴擾教飼上之好之民風尤甚諸王世家外戚家貴主
家傾帑破產市雞以償雞值都中男女以弄雞為事貧者弄假雞帝出遊見昌弄木雞
龍門道旁召入為雞坊小兒衣食右龍武軍三尺童子入雞群如狎群小壯者弱者
怯者水穀之時疾病之候悉能知之舉二雞雞畏而馴使令如人護雞坊中謁者王
言於玄宗召試殿庭皆中玄宗意即日為五百小兒長加之以忠厚謹密天子甚愛
金帛之賜日至其家開元十三年雞籠三百從封東嶽父忠死太山下得子禮奉尸歸
州縣官為葬器喪車乘傳洛陽道十四年三月衣鬬雞服會玄宗於溫泉當時天下
神雞童時人為之語曰生兒不用識文字鬬雞走馬勝讀書賈家小兒年十三富貴

◎《东城老父传》书影

以幞头罗代之。近者专人扶杖出门，阅街衢中，东西南北视之，见白衫者不满百。岂天下之人皆执兵乎？开元十二年，诏三省侍郎有缺，先求曾任刺史者。郎官缺，先求曾任县令者。及老人见四十，三省郎吏有理刑才名，大者出刺郡，小者镇县。自老人居大道旁，往往有郡太守休马于此，皆惨然不乐朝廷沙汰使治郡。开元取士，孝弟理人而已。不闻进士宏词拔萃之为其得人也。大略如此。

这段今昔对比之论，很有感情色彩，不仅完成了对人物的刻画，也体现了对历史的反思。昔日开元盛时，贾昌老人看见过黄门侍郎杜暹出任节度使兼御史大夫，看见张说管辖幽州，用大车拉着丝绸和布等租税，前后不断地运进关来；皇帝去祭祀五岳，随行的车马成千上万，吃用却不用老百姓供应；看见年节或伏天，市场上人来人往、买卖繁荣；异域八方来朝，朝廷的赏赐是锦衣绣服和丰盛酒宴。而今呢？市场清冷，财用匮乏，物价飞涨，朝廷用人不当，吏治混乱，四境之内兵马汹汹，官员心怀怨恨。作品通过描写贾昌的回忆和反思，客观再现了中唐时期的社会现状，总结了唐朝的腐朽、衰败和安史之乱爆发的原因，同时也反映了广大百姓对盛唐的怀念。

这是一篇反思历史的作品，具有浓郁的历史感。在结构上，作品通过玄宗的斗鸡童贾昌一生的荣辱悲欢，暴露了玄宗后期淫逸骄奢误国，终于导致天下四分五裂，表达了作者“兆乱于太平矣，上心不悟”的历史认识。同时作品也流露出对开元盛世的追念之思及对风衰俗变的担忧，尤其是后半部分，这就把个人的兴衰感慨与政治讽喻的意味融合在一起，使作品达到了历史感与抒情化的统一。这使它超越了一般作品慨叹个人盛衰悲欢的格局，而具备了较广阔深厚的历史感。在对现实的描写上，作品所用的笔法也是多样的，除了上面引述的场面、细节的描写外，作者还引用了当时流行的谣谚：

生儿不用识文字，斗鸡走马胜读书。贾家小儿年十三，富贵荣华代不如。能令金距期胜负，白罗绣衫随软舆。父死长安千里外，差夫持道挽丧车。

歌谣传达了当时人们对玄宗以斗鸡为乐、玩物丧志的批判和失望之情，其中歌谣所描述的社会现实可与李白的诗歌相参证。李白《古风》第二十四首中有这样的诗句：“大车扬飞尘，亭午暗阡陌。中贵多黄金，连云开甲宅。路逢斗鸡者，冠盖何辉赫！鼻息干虹霓，行人皆怵惕。”也生动地描述了当时斗鸡者的贵盛。诗史参证，更能使我们领会

◎ 李白

《东城老父传》中流露的悲世、警世的意味。

（三）亡灵忆往——寓深刻人生哲理

《周秦行记》是产生于牛李党争中的小说，属于《太平广记》卷四八九杂传记类。以第一人称叙述贞元中牛僧孺落第返乡，夜晚误入汉文帝薄太后庙，与薄太后、戚夫人、王昭君及

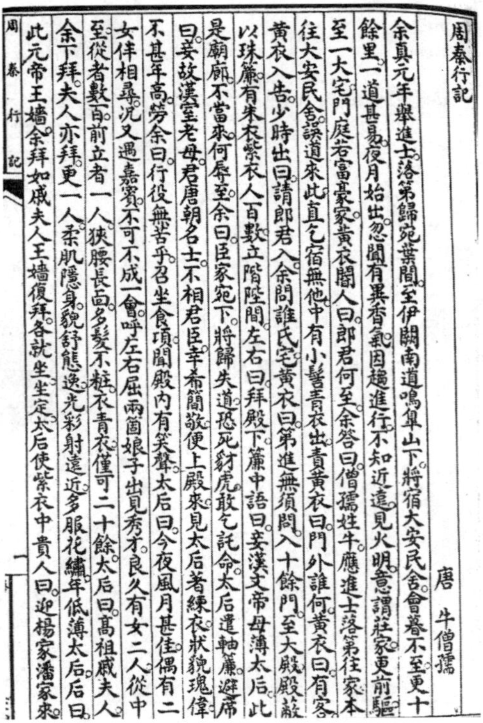
周秦行記

唐　牛僧孺

余真元年舉進士落第歸宛葉間至伊闕南道鳴皐山下將宿大安民舍會暮不至更十餘里一道甚易夜月始出忽聞有異香氣因趨進行不知近遠見火明意謂莊家更前驅至一大宅門庭若富豪家黃衣閽人曰郎君何至余答曰僧孺姓牛應進士落第往家本往大安民舍誤道來此直乞宿無他中有小髻青衣出責黃衣曰門外誰何黃衣曰有客黃衣入告少時出曰請郎君入余問誰氏宅黃衣曰第進無須問入十餘門至大殿殿蔽以珠簾有朱衣紫衣人百數立階陛間左右曰拜殿下簾中語曰妾漢文帝母薄太后此是廟廊不當來何辱至余曰臣家宛下將歸失道恐死豺虎敢乞託命太后遣軸簾避席曰妾故漢室老母君唐朝名士不相君臣幸希簡敬便上殿來見太后著練衣狀貌瑰偉不甚年高勞余曰行役無苦乎召坐食頃聞殿內有笑聲太后曰今夜風月甚佳偶有二女伴相尋況又遇嘉賓不可不成一會呼左右屈兩箇娘子出見秀才良久有女二人從中至從者數百前立者一人狹腰長面多髮不粧衣青衣僅可二十餘太后曰高祖戚夫人余下拜夫人亦拜更一人柔肌隱身貌舒態逸光彩射遠近多服花繡年低薄太后后曰此元帝王嬙余拜如戚夫人王嬙復拜各就坐坐定太后使紫衣中貴人曰迎楊家潘家來

周秦行記

◎《周秦行记》书影

南齐东昏侯潘淑妃、唐杨贵妃、晋绿珠等相聚宴乐，各自吟唱经历过的历史。这就把从汉到唐近千年的历史和恩怨聚合在一起，浓缩为一个哀感凄艳的场面。最后，因昭君两嫁单于，便命昭君陪寝，天亮后洒泪而别。唐德宗的母亲姓沈，在安史之乱中也曾两度失身于胡人，这篇小说写薄太后称德宗为“沈婆儿”，又命影射沈后的昭君侍寝，所以时人认为这是一篇构陷牛僧孺的作品。小说可看作牛李党争中“假小说以施诬蔑”之风的产物，文中虽借几位王妃美人之口歌咏史事，但以慨叹身世变幻为主，并非兴亡之叹。

《薛昭传》写元和末薛昭在兰昌宫遇见张云容、萧凤台、刘兰翘三位美女。实际上她们都是鬼魂。张云容是开元中杨贵妃的侍女，回忆昔日深受贵妃宠爱，曾叫她在绣岭宫独舞《霓裳羽衣》，并赠诗赞其舞姿。而萧凤台和刘兰翘也是当时的宫女，因为长得漂亮而被九公主毒死。她们的遭遇或荣或辱，命运沉浮不由自主，也是帝王政治的一个侧面。但作者主要记写申天师赐张云容灵药，使其百年后复生的故事，志怪的趣味超过对历史的关注。

《颜濬传》写的是会昌中进士颜濬在建业一个陈朝宫人墓中，与隋宫御女赵幼芳及陈后主妃嫔张贵妃、孔贵嫔、江修容、何婕妤、袁昭仪等女鬼一起诗酒宴谈。张贵妃自述自己和孔贵妃被后主宠幸，不幸在亡国后被杨广所杀。赵幼芳说自己是贵妃的侍女，国亡之后，又为隋宫侍女，为杨广侍汤膳，后为了保护隋炀帝而被杀。赵幼芳是个虚构的人物，其他几位在历史上是实有其人的，她们与后主整天游宴吟唱，直到亡国。可以说，她们的经历就是后主亡国的历史。但作品对于后主没有作任何批判，反而借张贵妃之口比较后主与隋炀帝，说后主只不过是诗酒追欢取乐，杨广却筑长城、征辽海，使天下男怨女旷，父寡子孤。我们感受到的主要是看惯历史兴亡而耿耿于个人际遇的怨愤之情。但通过作者对当时繁华的遥想，我们可以清醒地感受到繁华难持久的盛衰之理。

以上几则故事都是以亡灵追述往事的方式观照历史，幽冥神鬼的出现及其与生人的交往本身就是虚构的，作家因此可以在叙事写人时获得很大的自由。他们把虚构的人物和事件与真实的历史人物和图像编织在一起，构成一种亦真亦幻的历史世界。

爱情与豪侠表现的是唐人的浪漫与深情，是浪漫精神的体现；对历史政治的关怀表现了唐人的责任与忧患，是其现实主义精神的体现，共同构成了唐代传奇小说的精神风貌。除此之外，我们也注意到中晚唐神怪登仙小说数量极多，大都表现了人们对怪异现象的解释及对超现实世界的向往。这类传奇小说虽然充满虚构和想象，但在内容上超脱人世，背离了传奇小说描摹人情世态、表达人生关怀的本质，决定了这类小说的艺术成就不是太高。值得注意的是唐人在其中所寄托的深刻的人生哲理与情志欲望。最具代表性的就是神仙艳遇、得道成仙、人与万物互通，如张逢化虎、薛伟化鱼、徐佐卿化鹤等，甚至故杵、灯台、水桶、破铛也可化人吟诗唱和。唐人试图于喧闹纷扰的尘世之外，另辟新境，为躁动不安、疲倦空虚的心灵寻求安顿之处，尽管往往最终无奈地回归到现实人生。这些超越时代的主题同样出现在晚唐诗歌和散文里，是一种时代心理的反映，充满了挽歌沉痛哀伤甚至人世无乐的调子，已经不是传奇那充满愉悦与审美的情调了。

伍

叙述婉转，文辞华艳

——传奇的艺术成就

（一）因文生事，幻设情节——严谨完整、波澜起伏的艺术结构

唐传奇作品的构思大都奇异新颖、力求变化，结构完整而又富有起伏。作家真正开始自觉地进行艺术想象和艺术创造，而且在艺术构思、情节结构上，都取得了新的成就。

唐传奇大多具有严谨完整的篇章结构，这是受史传结构的影响。史传文学中的人物传记，很注意结构上的严谨完整，从介绍人物姓氏、家世，到人物是非功过及最后的议论评价等。不同的是唐传奇开始把故事情节和人物性格放在结构的中心位置，围绕故事要表达的主题思想进行虚构和想象，从而更好地把作者的褒贬寓于叙事之中。即使是开篇的人物介绍，也往往体现作品的总体布局，为情节的发展埋下伏笔。如《任氏传》中首先介绍任氏是女妖，就为下面她能知道韦崟家里的日用器物，让郑六去借，从而引来韦崟的情节埋下伏笔，也使她后来为犬所杀的情节显得比较合理。《霍小玉传》中借媒婆之口交代了霍小玉是霍王庶出女、艺术修养较高并欲求好儿郎为配等，这些为后来小玉对自己爱情的憧憬和忧虑、妥协和抗争提供了必要的支持。《李娃传》中借荥阳生友人的介绍揭示了李娃乃长安名妓，多结交贵戚豪族，从中获得很多利益。这就为后文李娃为财收留公子、在他钱财荡尽后又设法驱逐他的情节

提供了现实依据。这些都体现了作者严谨的构思。

在此基础上，唐传奇作品往往通过情节的传奇性与现实性相融合，情节的虚构、想象与作品的细节、感情的真实融合为一体，或在历史真实的基础上重点揭示人的思想面貌和心理状态等方法，来设置情节和结构，从而显示出文言短篇小说的成熟。如《离魂记》全文不过五百字，却清楚地介绍了故事发生的时间、地点、场景和人物的身份、性格、外貌，叙次井然，结构完整。结构方式是顺时性的，但在文章末尾才揭示参与情节发展的只是倩娘的魂，真实的倩娘一直躺在床上，这样，又把现实和虚幻、过去和现在合在一处，出人意料，又符合情理。《南柯太守传》写淳于棼梦入南柯，其入梦、梦中、梦醒与梦后的感慨形成一种包孕结构，现实中包含着梦境，梦境又与现实相参证，既深化了主题，又发人深思。《枕中记》采用的也是包孕结构，用现实情节包孕幻想性情节。《古镜记》和《梁四公记》等，则是大故事套小故事，层层包孕，还打破了时间顺序，在时间的倒错回溯中寄寓了作者对时代变换的感慨。这是比较复杂的包孕式结构。而《柳毅传》则是虚构想象与细节真实的典范，它写充满神话色彩的书生与龙女相恋的故事，情节离奇，但人情味很重。故事的大框架是虚构的、想象的，但又在细节描写、人物心理和思想情感上有目的地进行铺陈渲染，制造现实感和生活气息，从而在真假实幻之间，创造出情韵盎然、神奇瑰丽的艺术品。此外，唐传奇中还有一种并列式结构，如《三梦记》是由三个互不相干的梦幻故事组成的，由此证明梦的奇妙。值得注意的是，佳话型爱情故事与单纯以二人爱情为书写对象的小说不同，它在安排结构时，注重情节的曲折，涉及的场景、事件、人物就要多一些，它反映的社会层面更广泛，但在人物性格的塑造上不易集中笔墨，影响了人物性格的展现。再者，它通常是大团圆结局和封闭式结构，不太容易达到韵味悠长的艺术效果，如《柳氏传》《无双传》。而爱情悲剧小说因其结局往往不能如人所愿，结构上是开放型的，多能集中笔墨刻画人物性格，表现作者的倾向性，如《莺莺传》《霍小玉传》。这类小说注重在情节中展现人物关系和人物性格的发展，情节发展与人物性格结合起来，这就需要作者调动各种艺术手段铺设矛盾、激化矛盾和处理矛盾，因而在艺术性上往往有较高的成就。

《莺莺传》中人们对张生是赞其善补过，对莺莺则毫无同情。《霍小玉传》中通过一些次要人物的言语表达了人们对李益的谴责。作者的写作倾向由叙事情节表现出来。

传奇小说的篇幅一般都不长，但在艺术构思上都追求新颖奇异、富于变化，使有限的文字生出无限波澜，以曲折委婉的情节引人入胜。如《李娃传》《莺莺传》《柳毅传》，都围绕爱情婚姻主题，选择故事主角一生中具有典型意义的事件，展开矛盾冲突，并在细腻委婉的描写中曲尽人情变化之妙。《李娃传》的情节充满戏剧性的变化，曲折繁复而又合情合理。整篇小说以荥阳生和李娃之间的离合关系为线索，先是由合而离，接着又由离而合，最后在将离未离之际形成了大团圆结局。其中通过设骗局驱逐荥阳生的情节展示了李娃与荥阳生之间的冲突，李娃在妓院生活中习染的恶劣品行与荥阳生的多情老实也在这个情节中显现出来。小说又通过荥阳生沦为歌郎被父亲鞭打丢弃的情节展示了荥阳生与父亲之间的冲突，反映了门阀制度和等级观念造成的人与人之间的冷酷无情，看似不近人情，却符合生活逻辑。李娃为赎罪而向假母赎身的情节初看有些与李娃此前的所作所为不大相符，但她当初抛弃荥阳生时并没有想到事情的后果，在文章铺叙了荥阳生被弃后的悲惨遭遇后，李娃看到了自己行为的严重后果，甚至有悖人伦的后果，她的心自然生发出强烈的歉疚悔过之情，这是符合情理的，再加上李娃对荥阳生也并非没有一点爱恋和真情。这个情节展示了李娃与假母的冲突。这些都是男女双方对社会制度的反抗，单纯憨痴的荥阳生在这些冲突里几乎被毁灭了，而李娃却用坚强的意志和斗争的精神获得了自身解放。人物的性格在这些冲突里得到了充分展现。小说的大团圆结局让这对在现实生活中很难跨越障碍而结合的恋人实现了美满婚姻，应该说确实体现了反门阀制度的积极的思想意义。这篇小说有佳话小说的特征，但由于它在现实环境的描写、人物性格的刻画和主题的表现上表现了较高的艺术水平，使得情节与人物、现实和主题很好地融合在一起，在这点上又超越了一般的佳话型小说。

《柳毅传》的构思和情节，又以离奇变幻、巧妙曲折为特色。《柳毅传》全文围绕柳毅守义和龙女报恩一线，层层深入。本来，龙女回宫是个满宫欢庆的团圆结局，作者却巧设钱塘君说媒一事，遭到柳毅的严词拒绝，掀起波澜；继而柳毅回家连娶张、韩、卢三妻，眼见柳毅和龙女的好姻缘无望，作者却于篇终点出卢氏即龙女，紧紧抓住读者的心弦。《柳毅传》的主题思想，论者一般都认为是通过神话幻想的情节，揭露和批判包办婚姻的不合理，肯定了青年男女对恋爱婚姻的自主追求。周先慎则提出，《柳毅传》的主题应该是以由父母包办婚姻所造成的妇女的不幸遭遇为背景，描写和歌颂具有美好品格的人以及美好的人与人之间的关系、美好的人生。[1]因此，《柳毅传》主要围绕柳毅来组织情节，其他如龙女、钱塘君和洞庭君都是衬托柳毅的守义不移，不加详写，但也各有神采。

由于作者的立场态度不同，爱情主题所要表现的主题思想各异，采取的结构方式也有很大差别。如《霍小玉传》的情节结构不是很曲折，其主题思想是表现辜负盟约的负心人应该受到惩罚，因此在结构上，就用对比、烘托的方式来突出真与假、善与恶、美与丑的矛盾。作者把霍小玉塑造成一个心灵纯洁、形貌美丽、执着于爱情的人。同时作品又从侧面烘托渲染，加重其悲剧色彩。即当霍小玉为了寻找李益而耗尽积蓄，

---

[1] 周先慎：《古典小说鉴赏》，北京大学出版社 2004 年版，第 53 页。

◎《紫钗记·遇侠》插图

让婢女浣纱拿了紫玉钗去卖的时候，当年的皇家老玉工认出这是霍王为小女上鬟时令他制作的纪念物，乃凄然泪下：“贵人男女，失机落节，一至于此。我残年向尽，见此盛衰，不胜伤感。”由此表达了社会舆论方面对小玉的深切同情。另外，作者还安排李益的表弟崔允明真诚地为小玉通报消息；又写了李益的密友韦夏卿对李益的负心行为强烈谴责：“风光甚丽，草木荣华。伤我郑卿，衔冤空室！足下终能弃置，实是忍人。丈夫之心，不宜如此。”还写了长安百姓的舆论：“风流之士，共感玉之多情；豪侠之伦，皆怒生之薄行。”以至于黄衫豪客劫持李益，强迫他与小玉见面。所有这些描写和人物安排，都烘托了小玉作为一个悲剧形象的美，益发反衬出李益的丑，从而激起人们对霍小玉的深切同情和对李益的强烈义愤，寄托了作者鲜明的爱憎。这就是作者围绕主题，采用两两对照、侧面烘托的情节构造方式所产生的艺术效果。《莺莺传》也是一个爱情悲剧，但在情节结构上又有独特之处。这是由于《莺莺传》的主题思想是宣扬不为“尤物”所惑的善补过和申辩“始乱终弃”有理。因此文章开篇不是从介绍莺莺写起，而是介绍了张生的仪容风采：性情温厚而感情丰富，性格坚孤而严守礼仪，容貌秀美而谨于言行，而且特意加了一笔，非“物之尤者”，不能使他流连于心。这与篇末他借口尤物祸人而抛弃莺莺是前后映照的。后面的描写就集中在莺莺的美貌、才艺和对张生的一片深情上，目的是为张生斥莺莺为尤物找借口。同时，还重点描写了莺莺的贞慎自保和张生当初追求莺莺的曲折经历，说明张生是多情的，也是能忍情的。小说写两人的离别有两次。第一次是短别，第二次才是彻底决裂，通过这两个情节来表现两人的情感变化。最后的悲剧结局不是激烈的冲突，而是让张生自己来披露对这段恋情的认识，莺莺则不再出场。张生的朋友们也认同张生对莺莺的污蔑，对这段风流韵事津津乐道，赋诗歌咏，对被侮辱、被损害的莺莺则表现得很冷漠。这和作者要表达的主题思想是一致的。当然，在后来的流传过程中，人们对《莺莺传》中男女主人公的认识超出了作者本来要表达的看法，体现了这篇作品丰富复杂的艺术内涵。

《虬髯客传》的主题是表现“真人之兴也，非英雄所冀”，即宣扬李世民是真命天子，唐王朝是天命所归，各路英雄妄想取代他另起炉灶都是徒劳的。为了表现这一主题，小说用了层层递进的情节结构，即以风尘三侠为铺垫，一个更比一个高，在最高点上引出李世民，把他推到一个至高无上的地位，他是不可超越的。最先出场的是杨素。他是隋末权倾一时的大臣，狂傲而奢侈，又点出时处乱世，是众多英雄人物活动的时候。紧接着就引出了李靖。李靖是个布衣，却怀有担当天下重任的大志，敢于冒险去游说杨素，希望他能广罗英雄以安定天下。这次游说竟使杨素大悦，可见其过人的智慧和杰出的辩才。在此基础上，引出了红拂，夜奔旅店一节写她过人的胆识和超凡脱俗的气质，而她对杨素的认识和对出逃的周密安排展示了她的见识和沉着，都胜李靖一筹。接下来就是风尘三侠在旅店相会一节，突出了虬髯客的豪侠本色和红拂慧眼识英雄的智慧，而虬髯客从革囊中拿出“天下负心人”的心肝与人共食一节，在刚烈豪爽的性格和疾恶如仇的精神上又压倒了李靖和红拂。最后，由虬髯客到太原寻找异人，引出李世民。对李世民的描写采用虚写的办法，众人看他是“不衫不履，裼裘而来，神气扬扬，貌与常异”，而虬髯客“见之心死”，可见他异乎寻常的、超越一切的威慑力量。作者着重刻画了几位乱世英雄的形象，写出了他们之间的较量，这种较量是一种精神气质、气数命运的较量。至此，李世民似乎已经压倒众英雄了，但作者又加了一笔，引出一个虬髯客非常信任的神秘道兄来，并设置了“文皇看棋”一节，从道兄的眼中再次渲染了李世民的气质风貌：“俄而文皇到来，精彩惊人，长揖而坐。神奇清朗，满座风生，顾盼炜如也。”道兄则一见惨然。由此确定了李世民无可替代的地位。作者的倾向性也在这个结构中得到完满的体现。

唐传奇中有的作品并非完整的人物传记，但故事性强，结构精巧，往往就某个人物的某件事情，集中刻画他某一方面的才能和品性，这种情况在晚唐的传奇创作中很突出。如牛僧孺《玄怪录》中的《郭元振》，《三水小牍》中的《却要》，《原化记》中的《京都儒士》等。

◎《红拂记·文皇观棋》插图

（二）婉转思致，曲尽人情——丰富多样、栩栩如生的人物描写

唐传奇作品的一大特色就是塑造了丰富多样、栩栩如生的人物形象，从中展示了缠绵悱恻、凄美动人的情事。它们或用细节描写，或用对比、衬托的手法，来表现人物的性格特征和微妙的心理变化等。首先，唐传奇小说擅长通过个性化的语言和细致传神的动作描写来刻画人物形象。如《任氏传》对任氏美貌的描写，初与郑六相遇时的调笑，再遇郑六时在人群中的躲藏，都是极为精彩的。任氏第二次遇见郑六，知道自己狐仙的身份已经暴露，但不知道郑六心里如何看待自己，她此时的心理和二人的情感就在这样的描写中表现出来：

经十许日，郑子游，入西市衣肆，瞥然见之，曩女奴从。郑子遽呼之。任氏侧身周旋于稠人中以避焉。郑子连呼前迫，方背立，以扇障其后，曰："公知之，何相近焉？"郑子曰："虽知之，何患？"对曰："事可愧耻。难施面目。"郑子曰："勤想如是，忍相弃乎？"对曰："安敢弃也，惧公之见恶耳。"郑子发誓，词旨益切。任氏乃回眸去扇，光彩艳丽如初，谓郑子曰："人间如某之比者非一，公自不识耳，无独怪也。"郑子请之与叙欢。对曰：

“凡某之流，为人恶忌者，非他，为其伤人耳。某则不然。若公未见恶，愿终己以奉巾栉。”

在熙熙攘攘的人群中郑六一眼就看到了任氏，惊喜之下急忙呼喊她，但任氏却机敏地避入人群，表现了她身份暴露后惊惧、愧耻的心理。郑六紧追不舍，也表现了他对任氏思念之深切。正是他的真情打动了任氏，让她停下来，“方背立”，还用扇子挡在身后，说明她对郑六有些不舍，还有所期待，但仍充满疑虑。等到郑六词旨益切地发誓，她才确认郑六对自己是真心喜爱，于是放心地面对郑六。此时郑六眼前的任氏“光彩艳丽如初”，他也放下心来端详她。郑六这次看任氏是带有审视意味的，他已经知道任氏是狐仙，自然想看出她与人间女子的不同。这时候任氏却猜透了他的心思，说人间女子中能与我相比的有很多，你自然看不出来我是狐仙变化的，没有什么奇怪的。这句话既写出了任氏善解人意的一面，也体现了她谦和质朴的一面。因为郑六眼中的任氏“容色姝丽”“妍姿美质，歌笑态度，举措皆艳，殆非人世所有”，而任氏自己却不自恃貌美，她看重的是内在的美，所以她接着说自己不会像其他狐仙那样伤害人。两句话就把自己的人生态度呈现出来了。如果你能接受我，我这一辈子都跟着你。这又是多么坦率真诚。这段描写极有层次、十分细致地描绘了人物的情感心理及其微妙的变化，使人物的性格特征自然地显现出来。在此基础上，作品紧接着就写了两个故事来表现任氏内在的美。一是抗拒韦崟的强暴，表现了她机智勇敢的性格；一是明知跟随郑六赴任会有生命危险，她还是选择同行，最后丢掉了自己的性命。至此任氏对爱情的坚贞专一，其性格的温婉柔顺也达到了完满的表现。

任氏的性格总体上还是比较外露的，外在表现和内心世界基本是一致的，因此作品主要是通过语言、行动来刻画她的性格。而像莺莺那样的女子就很难用单一的手法揭示其内心世界。莺莺的形象富有含蓄美和诗意美，这是由她的性格特征决定的。首先她很内向、很矜持，很少向人主动吐露内心所想，在旁人看来近乎无情，如她的婢女红娘说她“虽所尊不可以非语犯之”，张生看她“喜愠之容，亦罕形见”。他们初次见面，崔母设宴答谢张生，莺莺在整个宴会上一句话也没说，两人初次欢会，她也是“终夕无一言”。因此，这样的人物，是无法用语言来完满表现她的。她的性格主要是在行动举止中表现出来。张生第一次告别莺莺，“先以情谕之”，而“莺莺宛无难词，然而愁怨之容动人矣”，虽然没说强留的话，但离别之怨、相思之愁已表露无遗。第二次离别时，张生“不复自言其情，愁叹于崔氏之侧”，莺莺此刻已经敏锐地感觉到张生的背盟负约，就说了那番“始乱终弃”的话，虽然简短，却是直指张生内心的，听起来震撼人心。从这里，我们认识到莺莺并非无情，而是把自己的情感深深隐藏起来，这种隐藏一方面表

◎《西厢记·酬韵》插图

现了她独自承担爱情苦果的坚强，同时也展现出她内心深处的不自信和对爱情前景的悲观。她这时所有的怨恨愁苦都是通过鼓琴来诉说的。她善鼓琴，善属文，但非大悲大痛，则不形于言词琴瑟。这也是她性格中持重自尊的一面。文中只有一处，记写了一段很长的出自莺莺之口的话，就是在张生得到莺莺赠诗，来到莺莺居所时，莺莺对他的责难：

> 及崔至，则端服严容，大数张曰："兄之恩，活我之家，厚矣。是以慈母以弱子幼女见托。奈何因不令之婢，致淫逸之词，始以护人之乱为义，而终掠乱以求之，是以乱易乱，其去几何？诚欲寝其词，则保人之奸，不义；明之于母，则背人之惠，不祥；将寄与婢仆，又惧不得发其真诚。是用托短章，愿自陈启，犹惧兄之见难，是用鄙靡之词，以求其必至。非礼之动，能不愧心，特愿以礼自持，无及于乱。"言毕，翻然而逝。

这番慷慨陈词深刻揭示了这个闺中少女向往爱情幸福而又有所顾忌的矛盾心态。这话说得很圆，与其说是在责难张生，还不如说是在自我辩解。她本想自己保守秘密，却说是替张生掩盖淫逸之心，她曾经想要向母亲说明实情，但又觉得这样会背弃张生的救助之恩，这些话的背后是莺莺内心矛盾斗争的展现。在见张生之前，她的内心经过多么艰难的挣扎：保密与否、回信与否、见面与否、礼乱之间，最后她选择了保密、回信、见面，就说明她的内心已经向张生倾斜了，礼法向情感妥协了。因此，当她告诫张生“以礼自持”时，是多么没有说服力。即使如此，她数天之后的夜奔张生也仍有些出人意料，期间在她的内心肯定经过一场激烈的矛盾斗争。这一斗争过程，作者没有直接写，而是从张生的“危坐久之，犹疑梦寐”和莺莺的“终夕无一言”“泪光荧荧然”这种紧张沉郁的气氛中，感受到莺莺在冲破封建礼教的精神枷锁时爆发出的、令人难以想象的勇气和力量。

通过这些外在行止的描写来探寻莺莺的内心终究还是隔着一层，因此作者再次借用书信让她深沉复杂的内心展示出来，感人至深。其信曰：

> 捧览来问，抚爱过深，儿女之情，悲喜交集。兼惠花胜一合，口脂五寸，致耀首膏唇之饰。虽荷殊恩，谁复为容？睹物增怀，但积悲叹耳。伏承使于京中就业，进修之道，固在便安。但恨僻陋之人，永以遐弃，命也如此，知复何言？自去秋已来，常忽忽如有所失，于喧哗之下，或勉为语笑，闲宵自处，无不泪零。乃至梦寐之间，亦多感咽。离忧之思，绸缪缱绻，暂若寻常；幽会未终，惊魂已断。虽半衾如暖，而思之甚遥。一昨拜辞，倏逾旧岁。长安行乐之地，触绪牵情，何幸不忘幽微，眷念无斁。鄙

薄之志，无以奉酬。至于终始之盟，则固不忒。鄙昔中表相因，或同宴处，婢仆见诱，遂致私诚。儿女之心，不能自固。君子有援琴之挑，鄙人无投梭之拒。及荐寝席，义盛意深，愚陋之情，永谓终托。岂期既见君子，而不能定情，致有自献之羞，不复明侍巾帻。没身永恨，含叹何言？倘仁人用心，俯遂幽眇；虽死之日，犹生之年。如或达士略情，舍小从大，以先配为丑行，以要盟为可欺。则当骨化形销，丹诚不泯；因风委露，犹托清尘。存没之诚，言尽于此；临纸呜咽，情不能申。千万珍重！珍重千万！玉环一枚，是儿婴年所弄，寄充君子下体所佩。玉取其坚润不渝，环取其终始不绝。兼乱丝一絇，文竹茶碾子一枚。此数物不足见珍，意者欲君子如玉之真，弊志如环不解，泪痕在竹，愁绪萦丝，因物达情，永以为好耳。心迩身遐，拜会无期，幽愤所钟，千里神合。千万珍重！春风多厉，强饭为嘉。慎言自保，无以鄙为深念。

这封信从自责自悔中曲折地表现了对张生的怨恨，其中夹杂了爱与恨、喜与忧、期待与失望。“恨僻陋之人，永以遐弃，命也如此，知复何言”是回信主要表达的意思。但接着又情不自禁地抒写了自己内心的痛苦和自责。“乃至梦寐之间，亦多感咽。离忧之思，绸缪缱绻，暂若寻常；幽会未终，惊魂已断。虽半衾如暖，而思之甚遥。”高兴的是张生在那长安行乐之地还没有完全忘记自己。因此，她又对张生怀有几分期望：首先表明自己当初自荐枕席是发自真诚真情的，“婢仆见诱，遂致私诚。儿女之心，不能自固。君子有援琴之挑，鄙人无投梭之拒。及荐寝席，义盛意深，愚陋之情，永谓终托。岂期既见君子，而不能定情，致有自献之羞，不复明侍巾帻”。期望张生“仁人用心，俯遂幽眇；虽死之日，犹生之年”，但如果这个愿望不能实现，即使死了，内心的真诚也不会改变的。所谓“或达士略情”，就是达观的人不看重感情，这是对张生负心背义行为的一种委婉的说法。所谓“要盟”，就是在对方要求下订下的盟约，是被迫订立的，就可以不认账。“存没之诚，言尽于此”，是再次表达自己对张生真挚的爱和至死不渝的真诚。实则是一种哀求，却写得不卑不亢，深微低回。信的末尾又借赠送给张生的玉环、乱丝、文竹茶碾子来比喻互相之间爱情的坚贞不渝：“玉取其坚润不渝，环取其终始不绝。……此数物不足见珍，意者欲君子如玉之真，弊志如环不解，泪痕在竹，愁绪萦丝，因物达情，永以为好耳。”信写得文情并茂，十分感人，本身就是一篇具有强烈艺术魅力的抒情散文。这里的莺莺终于让我们看到了她性格中自卑怯弱的一面，她以自献为羞，以先配为丑，露出了自轻自贱的情绪。她终于无法承受内心的相思之苦和越礼之责，希望张生发仁者之心，实现自己永以为好的愿望，这已近乎哀求了。此前的刚强自尊化为绕指柔情，让人为之动容，情何以堪！

这封书信也写出了她性格的发展和变化。另一方面，书信本身通过莺莺之口梳理了她与张生之间爱情关系的发展历程，解释了她看似不合情理的表现，起到了延续情节和推动情节发展的作用。此前，张生写信给莺莺主要不是传达他的相思之意，而是“以广其意”，就是劝慰莺莺要想得开。这已经透露出他的负义无情。收到此信后，他还将信到处传播，以证明自己是没有过错的，莺莺的自责愧悔变成了张生的开脱罪责，能“忍情”“善补过”的证据了。从此，“张志亦绝矣”。如此无情无耻，与莺莺的深情赤诚形成了鲜明的对比，引起后人无限的哀叹与沉思。

在唐传奇作品中有很多作品都能通过言行写出人物的心理活动，像《莺莺传》这样借用各种方法如此深刻细致地刻画人物心理的作品是不多见的，可以说它是传奇小说通过刻画人物心理来表现人物性格特征的典范之作。

作为短篇小说，唐传奇中的矛盾冲突，并不是惊心动魄的，它比较侧重通过具有典型意义的日常生活场景或细节的描写来塑造人物形象，刻画人物性格特征。如霍小玉的痴情和内心对爱情的渴望就是通过这样几个场景来体现的：一是初次相见的愉悦，着重表现她对美好爱情的憧憬和单纯娇羞的性格。二是小玉悲求盟誓，表现了她对生活的清醒认识和内心的隐忧。三是李益出仕前小玉的哀陈短愿，表现了她争取爱情的急切与热烈。这两次场景中小玉出言凄苦，言辞动人，预示了人

◎ 明臧晋叔改本《紫钗记·托鲍谋钗》插图

物的悲剧结局。霍小玉的性格与莺莺有相似之处，那就是都对爱情的悲剧结局有预感，但又希望自己的真诚能够感动对方，对美好的爱情充满了渴望。不同的是小玉的性格更刚强、更执着，既温婉痴情又爱憎分明，为了表现她这种性格特征，小说在场景描写时用对比手法来制造矛盾冲突，从中使人物的性格凸显出来。在二人离别后，玉之“数访音信，博求巫师，遍询卜筮”，“赂遗亲知，使通消息”与生之“寂不知闻，欲断其望。遥托亲故，不遣漏言”；“玉之想望不移”与“生之书题竟绝”；“玉之含恨卧病”与“生之春日玩花”，一个多情，一个无义，一个悲苦，一个欢乐。小玉此前婉娈相得、日夜相从的欢爱，与后来被遗弃时羸卧空闺、转侧须人的凄凉；李益当年海誓山盟的“至诚”，与日后背约负义的薄幸，都构成了强烈的对比，此前的温婉多情在强烈的冲突中，在爱与恨、希望与绝望的冲突中转变为刚烈气盛，最后小玉含恨而死。当李益被挟持到小玉住所时，“一家皆喜”，霍小玉却表现得意外冷静，小说在这里的描写是沉痛而浪漫的：

玉沈绵日久，转侧须人。忽闻生来，欻然自起，更衣而出，恍若有神。遂与生相见，含怒凝视，不复有言。羸质娇姿，如不胜致，时负掩袂，返顾李生。感物伤人，坐皆欷歔。顷之，有酒肴数十盘，自外而来。一坐惊视，遽问其故，悉是豪士之所致也。因遂陈设，相就而坐。玉乃侧身转面，斜视生良久，遂举杯酒酬地曰："我为女子，薄命如斯！君是丈夫，负心若此！韶颜稚齿，饮恨而终。慈母在堂，不能供养。绮罗弦管，从此永休。征痛黄泉，皆君所致。李君李君，今当永诀！我死之后，必为厉鬼，使君妻妾，终日不安！"乃引左手握生臂，掷杯于地，长恸号哭数声而绝。母乃举尸，置于生怀，令唤之，遂不复苏矣。生为之缟素，旦夕哭泣甚哀。将葬之夕。生忽见玉穗帷之中，容貌妍丽，宛若平生。着石榴裙，紫裓裆，红绿帔子。斜身倚帷，手引绣带，顾谓生曰："愧君相送，尚有余情。幽冥之中，能不感叹。"言毕，遂不复见。

如此强烈的感情表达，是那样酣畅淋漓地表现了小玉的爱与恨。中间穿插了黄衫豪客赠酒肴和小玉魂魄致意一段，与此前小玉梦见黄衫人为自己脱鞋、预知自己将死的梦相照应，梦境、豪侠和魂魄构成了极为凄美浪漫的背景，体现了小玉心愿未了的哀痛。

李益和张生都是负心薄行的士人，他们的个性也有不同。李益好色、虚荣、轻狂，比较外露。小说写他见小玉之前，"浣衣沐浴，修饰容仪，喜跃交并，通夕不寐"，表现得那么兴奋，那么急切，那么认真，那么至诚。后来，小玉在极欢之际悲诉衷情时，李益也是"引谕山河，指诚日月"，而且强调了他"句句恳切，闻之动人"，确实有几分至诚之心。但他爱

◎《紫钗记·述娇》插图

的是小玉的美色，他第一次见到小玉就说："小娘子爱才，鄙夫重色。两好相映，才貌相兼。"毫不掩饰地表达了他结交小玉的目的，也显示了他浅薄庸俗的一面。这样单薄的感情基础当然经不起考验，当他迫于母命、另求高门的时候，自然就会背弃盟约。辜负盟约后，他自感理亏，对小玉采取欺瞒躲避的方式。张生则表面上显得庄重、深沉、诚挚，背约之后，还摆出正人君子的面孔，无耻而又理直气壮地为自己辩护。

即使同为娼门之女，霍小玉的性格与李娃也不同。小玉初入风尘，又是霍王小女，还保持着她性格中单纯、娇痴和天真的一面。而李娃久堕风尘，是长安名妓，各色人等都见过，因此显得精明世故，对荥阳生的感情也比较隐晦，真情假意很难分辨。红拂和红绡同是位极人臣的大官僚的侍婢，红拂在智慧中表现出豪侠的爽朗明快，红绡则在机敏中包含着身处逆境女子的忧伤与期望。可见，唐传奇塑造的同类人物形象，也是各有性格的。

一些次要人物也写出了她们不同的性格特征。如《霍小玉传》中的媒婆鲍十一娘、《李娃传》中的假母这两个形象，都是通过个性化的语言来表现的。鲍十一娘向李益说媒时：

鲍笑曰："苏姑子作好梦未？有一仙人，谪在下界，不邀财货，但慕风流。如此色目，共十郎相当矣。"生闻之惊跃，神飞体轻，引鲍手且拜且谢曰："一生作奴，死亦不惮。”因问其名居。鲍具说曰：“故霍王小女，字小玉，王甚爱之。母曰净持。即王之宠婢也。王之初薨，诸弟兄以其出自贱庶，不甚收录。因分与资财，遣居于外，易姓为郑氏，人亦不知其王女。资质秾艳，一生未见，高情逸态，事事过人，音乐诗书，无不通解。昨遣某求一好儿郎格调相称者。某具说十郎。他亦知有李十郎名字，非常欢惬。住在胜业坊古寺曲，甫上车门宅是也。已与他作期约。明日午时，但至曲头觅桂子，即得矣。”

在这连说带笑的话语中，她那轻佻谄媚、巧舌如簧的媒婆特性活灵活现。《李娃传》中的假母李姥在接待荥阳生的时候，她的言谈举止、神情意态，都十分精熟老练：

乃引至萧墙间，见一姥垂白上偻，即娃母也。生跪拜前致词曰：“闻兹地有隙院，愿税以居，信乎？”姥曰：“惧其浅陋湫隘，不足以辱长者所处，安敢言直耶？”延生于迟宾之馆，馆宇甚丽。与生偶坐，因曰：“某有女娇小，技艺薄劣，欣见宾客，愿将见之。”乃命娃出，明眸皓腕，举步艳冶。生遂惊起，莫敢仰视。……久之日暮，鼓声四动。姥访其居远近。生绐之曰：“在延平门外数里。”冀其远而见留也。姥曰：“鼓已发矣，当速归，无犯禁。”生曰：“幸接欢笑，不知日之云夕。道里辽阔，城内又无亲戚，将若之何？”娃曰：“不见责僻陋，方将居之，宿何害焉。”生数目姥，姥曰：“唯唯。”生乃召其家僮，持双缣，请以备一宵之馔。……彻馔，姥起。生娃谈话方切，诙谐调笑，无所不至。……言未终，姥至，询其故，具以告。姥笑曰：“男女之际，大欲存焉。情苟相得，虽父母之命，不能制也。女子固陋，曷足以荐君子之枕席！”生遂下阶，拜而谢之曰：“愿以己为厮养。”姥遂目之为郎，饮酣而散。

当荥阳生假意来租房时，她从那“洁其衣服，盛宾从而往”的派头，一眼就看出了荥阳生的来意，而且是桩大买卖。于是她马上应承下来，等热情地把客人让到客厅后，她说：“某有女娇小，技艺薄劣，欣见宾客，愿将见之。”待荥阳生见了李娃，她又有意催促说：“鼓已发矣，当速归，无犯禁。”这反而激起了荥阳生急切留宿的心情。晚宴结束后，李姥立即离去，给两人留了单独说话的机会，当荥阳生对李娃说了真心话：“今之来，非直求居而已，愿偿平生之志。但未知命也若何？”话音没落，李姥就进来了，配合得恰到好处。最后荥阳生跪拜道谢，她“目之为郎”，终于得手，心满意足。这里对李姥的描写比《霍小玉传》中的鲍十一娘要细致得多，也说明，作者的创作意图是通过对她的描写，来写妓院生活中人与人的利益关系以及李娃的生活环境。

（三）施之藻绘，扩其波澜——精警华艳、优美动人的语言艺术

由于唐传奇的作者中有许多是唐代有名的诗人或散文家，因此小说的语言十分考究，兼收散文和诗赋的长处。无论是描摹人物、记叙事件、渲染环境，都已达到传神的地步。

唐传奇作品的语言主要采用散体古文，适当汲取了民间口语，也常插入诗词，形成了韵散结合、雅俗交融的语言风格，提高了小说的表现力。诗歌的穿插在传奇中的作用，主要是男女之间传情达意、渲染意境、构造情节结构等。如用诗化的语言营造含蓄优美的意境，就是在描写景物、渲染气氛时，或简笔勾勒，或浓墨重彩，使作品富有艺术感染力。比较典型的作品就是抒情色彩比较浓厚的《莺莺传》，它是从人物性格、人物居处环境等方面传情达意的。莺莺本人就富有含蓄与深情的诗人气质，这一点在上文已经论及。莺莺表达感情的方式，是弹琴、赋诗、写信，都是委婉内敛的，充满诗意。此外，她们的爱情生发的环境也是富有诗情画意的，时间是“明月三五夜”，花影浮动的西厢，枕席之亲依然是富有诗意的：“斜月晶莹，幽辉半床”，“及明，睹妆在臂，香在衣，泪光荧荧然，犹莹于茵席而已”。难怪张生以为自己是在梦中，不似人间。除此之外，《莺莺传》中的诗歌起到一个推进、暗示情节发展的

作用，也能使读者从侧面领会人物的性格、情感。莺莺作《明月三五夜》的诗引出了张生夜会，也是“乱”的开始。结尾当莺莺知道张生另娶了高门小姐后，便写了这首诗：“弃置今何道，当时且自亲。还将旧时意，怜取眼前人。”这里有对往日情感的伤怀，也有对张生薄情的讥讽，还有对新人的同情，心理依然是复杂微妙的。但此时的莺莺已经痛定思痛，跳出了原来个人受屈辱的小圈子，而表现出有胸襟、有骨气的一面。《柳毅传》在唐人传奇中也是富有诗意的。作者把诗歌的笔法引入小说创作，做出很多有益的尝试。如龙女托付柳毅传书时说的那段话：“长天茫茫，信耗莫通。心目断尽，无所知哀。闻君将还吴，密通洞庭。或以尺书，寄托侍者，未卜将以为可乎？”此段语言以四字句为主，节奏鲜明，古朴的句式与龙女的身份遭遇相结合，平添一份浪漫气息，很好地传达了她深沉而又强烈的情感，使文章带有明显的抒情色彩。篇

◎ 元曲《柳毅传书》插图

中对龙宫的描写体现出丰富的想象力：

庭之阴，果有社橘。遂易带向树，三击而止。俄有武夫出于波间，再拜请曰："贵客将自何所至也？"毅不告其实，曰："走谒大王耳。"武夫揭水指路，引毅以进。谓毅曰："当闭目，数息可达矣。"毅如其言，遂至其宫。始见台阁相向，门户千万，奇草珍木，无所不有。夫乃止毅，停于大室之隅，曰："客当居此以俟焉。"毅曰："此何所也？"夫曰："此灵虚殿也。"谛视之，则人间珍宝毕尽于此。柱以白璧，砌以青玉，床以珊瑚，帘以水精，雕琉璃于翠楣，饰琥珀于虹栋。奇秀深杳，不可殚言。

还有对钱塘君听到侄女受辱，激愤难耐，化龙冲天而去的描写：

语未毕，而大声忽发，天坼地裂，宫殿摆簸，云烟沸涌。俄有赤龙长千余尺，电目血舌，朱鳞火鬣，项掣金锁，锁牵玉柱，千雷万霆，激绕其身，霰雪雨雹，一时皆下，乃擘青天而飞去。

这里用夸张之笔来写钱塘君的激怒和复仇，声势勇猛，令人如见雷电之光，如闻坼裂之响，钱塘君迅疾刚烈、疾恶如仇、桀骜不驯的形象跃然纸上，令人惊心动魄。这样的描写是具有浪漫主义特色的。

此外，《游仙窟》和《步飞烟》也是唐传奇作品中运用韵文较多的，但《游仙窟》中的韵文多用民间谣谚，显出通俗平易的特色。如文中描写文成与五嫂相见的情景：

> 相见既毕……五嫂回头笑向十娘曰："朝闻乌鹊语，真成好客来。"下官曰："昨夜眼皮瞤，今朝见好人。"即相随上堂。……五嫂笑曰："张郎心专，赋诗大有道理。俗谚曰：'心欲专，凿石穿。'"

文中的人物对话用了很多俗谚，生活气息较浓。文中还有大段的骈文铺排，描写二人赋诗言情的过程，写得秾丽大胆，带有民间文学的色彩。

多数传奇在人物外貌的描写上常用铺排手法，语言偏向于华丽，并采取与人物性格相配合的描写方法。如写任氏的美貌，主要采用了烘托、映衬的手法。先从郑六眼中写她"容色姝丽"，故"见之惊悦"。另一方面，又从好色之徒韦岑的活动和心态变化加以层层烘托：韦岑派家童探察任氏容貌，家童答曰："奇怪也！天下未尝见之矣！"于是阅美女无数的韦岑又举出一个个绝色女子来与之相比，家童均答曰："非其伦也！"韦岑又提出大家公认最漂亮的吴王第六女来比较，家童仍然回答

“非其伦也”！最后韦岑亲自到任氏居所验证，得出“殆过于所传矣”的结论。这个场景的描写是非常有戏剧性的：

> 俄而奔走返命，气吁汗洽。崟迎问之：“有乎？”曰有。又问：“容若何？”曰：“奇怪也！天下未尝见之矣。”崟姻族广茂，且夙从逸游，多识美丽。乃问曰：“孰若某美？”僮曰：“非其伦也！”崟遍比其佳者四五人，皆曰：“非其伦。”是时吴王之女有第六者，则崟之内妹，秾艳如神仙，中表素推第一。崟问曰：“孰与吴王家第六女美？”又曰：“非其伦也。”崟抚手大骇曰：“天下岂有斯人乎？”遽命汲水澡颈，巾首膏唇而往。既至，郑子适出。崟入门，见小僮拥篲方扫，有一女奴在其门，他无所见。征于小僮。小僮笑曰：“无之。”崟周视室内，见红裳出于户下。迫而察焉，见任氏戢身匿于扇间。崟引出就明而观之，殆过于所传矣。

这样，经过不同人物、不同角度的反复比较映衬，写出了任氏天上人间难觅的美。这种写法与汉乐府《陌上桑》描写罗敷之美有异曲同工之妙，洋溢着赞美之情与浪漫色彩。不同的是，此处对任氏的描写更有层次，是层层递进的关系。而人物之间的对话、语气又与《战国策》“邹忌讽齐王纳谏”一节是何其相似！铺陈、描写与夸张在这里用得很恰当。

同是写美丽的容貌，不同身份、不同性格的人又有不同的手法。如《柳毅传》描绘龙女回宫后的容止：

俄而祥风庆云，融融怡怡，幢节玲珑，箫韶以随。红妆千万，笑语熙熙，中有一人，自然娥眉，名珰满身，绡縠参差。迫而视之，乃前寄辞者。然若喜若悲，零泪如丝。须臾，红烟蔽其左，紫气舒其右，香气环绕，入于宫中。

这是从柳毅眼中见出的龙女的仪容风采，充满一种浓厚的喜庆、融洽、美好的气氛，回想龙女此前“巾袖无光”“风鬟雨鬓”的忧伤憔悴的形象，读者自然联想到柳毅传书所带来的美好结果，对他的敬佩之情油然而生。同时，这种描写也很符合龙女的身份。《莺莺传》描写莺莺的美：“常服睟容，不加新饰，垂鬟接黛，双脸绡红而已。”几笔就描出一种不加修饰的朴素之美、娇羞之美、天然之美。接下来又用了“颜色艳异，光辉动人”八个字，这又是从张生的角度着笔，写出了他看到莺莺时内心的感受和慨叹。《霍小玉传》对霍小玉的美并没有作正面描写，而是从李益的感觉来写：“小玉自堂东阁子中而出，生即拜迎，但觉一室之中，若琼林玉树，互相照耀，转盼精彩射人。”这里用通感的艺术手法，首先营造了一个空灵缥缈的境界，从而将霍小玉难以言传的美烘托出来；又重点突出了她眼睛的神采，“转盼精彩射人”。此处对小玉眼睛的描写，不是简单随意的，而是贯穿全文的一条线索，小玉初见李益时，“与母相顾而笑”，极欢之夜，小玉“流涕观生”。与她临终前“含怒凝视”“反顾李生”“斜视生良久”是对应的，一笑，一悲，一怒，就是小玉悲剧人生的浓缩。由黑白分明的明眸来观照性格刚烈的小玉的一生是再恰当不过的，这样细微的刻画和独具匠心的布局表现了作者对人生深刻的观察和体悟。

唐传奇作品的叙述语言多精练准确，文辞雅洁。这一方面便于把事件原委、人物遭遇叙述得完整准确；另一方面，也能集中笔墨细致描绘作者要特意表现的人物或情感。如《谢小娥传》中，开篇先简要介绍了谢小娥的家庭身世和不幸遭遇，对她的性格、外貌则不加笔墨。因为这个人物是在遭遇劫难后形成了坚毅顽强、机智果决、报仇雪恨的精神的。因此，文章着重写她如何解谜、如何寻仇和发现仇人后的等待机会，最后，终于除尽群贼：

> 或一日，春携文鲤兼酒诣兰，娥私叹曰：“李君精悟玄鉴，皆符梦言，此乃天启其心，志将就矣。”是夕，兰与春会，群贼毕至，酣饮。暨诸凶既去，春沉醉，卧于内室，兰亦露寝于庭。小娥潜锁春于内，抽佩刀，先断兰首，呼号邻人并至。春擒于内，兰死于外，获赃收货，数至千万。初，兰、春有党数十，暗记其名，悉擒就戮。时

浔阳太守张公，善娥节行，为具其事上旌表，乃得免死。

这段文字也很简洁，但是把谢小娥沉着冷静、智勇双全的性格特点，生动地表现出来了。此外，《南柯太守传》写淳于棼梦醒之后去勘察蚁穴时，写得十分详细确凿：

因与生出外，寻槐下穴。生指曰："此即梦中所惊入处。"二客将谓狐狸木媚之所为祟。遂命仆夫荷斤斧，断拥肿，折查枿，寻穴究源。旁可袤丈，有大穴，根洞然明朗。可容一榻。上有积土壤，以为城郭台殿之状。有蚁数斛。隐聚其中。中有小台，其色若丹。二大蚁处之，素翼朱首，长可三寸。左右大蚁数十辅之，诸蚁不敢近。此其王矣。即槐安国都也。又穷一穴：直上南枝，可四丈，宛转方中，亦有土城小楼，群蚁亦处其中，即生所领南柯郡也。又一穴：西去二丈，磅礴空朽，嵌窗异状。中有一腐龟壳，大如斗。积雨浸润，小草丛生，繁茂翳荟，掩映振壳，即生所猎灵龟山也。又穷一穴：东去丈余，古根盘屈，若龙虺之状。中有小土壤，高尺余，即生所葬妻盘龙冈之墓也。追想前事，感叹于怀，披阅穷迹，皆符所梦。不欲二客坏之，遽令掩塞如旧。是夕，风雨暴发。旦视其穴，遂失群蚁，莫知所去。故先言"国有大恐，都邑迁徙"，此其验矣。复念檀萝征伐之事，又请二客访迹于外。宅东一里有古涸涧，侧有大檀树一株，藤萝拥织，上不见日。旁有小穴，亦有群蚁隐聚其间。檀萝之国，岂非此耶？嗟呼！蚁之灵异，犹不可穷，况山藏木伏之大者所变化乎？

这段描写一方面借现实证梦境，增强了故事的真实感；另一方面，梦与现实的一一切合，又使梦境后的现实人生成了梦境的继续，既深化了主题，又发人深思。这样，叙事描写就和寄意抒情很好地融会在一起。最后又说："（生）追感前事，感叹于怀，披阅穷迹，皆符所梦，不欲二客坏之，遽令掩塞如旧。"在叙述写实之中，交织了怀旧感伤之情，以及对人世变幻深不可测的感慨。《枕中记》只有千余字，却写尽了人生荣辱得失，仕宦风波，语言的精练准确达到了很高的水平。《离魂记》只有五百字，要写王宙和倩娘一生的爱情故事，这就决定了它的叙事语言是极为简约的，但在揭示二人感情的文字上又是精细深微的。如写王宙和倩娘成人后，"常私感想于寤寐，家人莫知其状"。可见他们的感情是深挚的，不管白天黑夜都在私下里互相思念，所以，当倩娘被父亲另许他人时，"女闻而郁抑，宙亦深恚恨"。这是符合情理的，同时也把女子温顺柔弱的性格和王宙气性刚烈的一面描绘出来了。

在描写人情世态方面，唐传奇作品多用笔触细腻的场面描写，语言绚丽多彩，优美细腻，形象生动。如《李娃传》中对

◎《南柯记·寻寤》插图

东西二肆赛会的描写：

四方之士，尽赴趋焉，巷无居人。自旦阅之，及亭午，历举辇舆威仪之具，西肆皆不胜，师有惭色。乃置层榻于南隅，有长髯者，拥铎而进，翊卫数人，于是奋髯扬眉，扼腕顿颡而登，乃歌《白马》之词。恃其夙胜，顾眄左右，旁若无人。齐声赞扬之，自以为独步一时，不可得而屈也。有顷，东肆长于北隅上设连榻，有乌巾少年，左右五六人，秉翣而至，即生也。整衣服，俯仰甚徐，申喉发调，容若不胜。乃歌《薤露》之章，举声清越，响振林木。曲度未终，闻者歔欷掩泣。西肆长为众所诮，益惭耻，密置所输之直于前，乃潜遁焉。四座愕眙，莫之测也。

这个场面的描写首先在大处着笔，写了这次赛歌的规模之大，万人空巷，接着写双方的比赛情况，西肆似乎处于下风，下面主角出场了，两位歌者的神态举止，声调表情，以至客观达到的效果都刻画得极为细致精微，生动逼真，把当时市井生活的娱乐活动描写得惟妙惟肖。还有文中对荥阳生被骗的那一幕：

岁余，资财仆马荡然。迩来姥意渐怠，娃情弥笃。他日，娃谓生曰："与郎相知一年，尚无孕嗣。常闻竹林神者，报应如响，将致荐酹求之，可乎？"生不知其计，大喜。乃质衣于肆，以备牢醴，与娃同谒祠宇而祷祝焉，信宿而返。策驴而后，至里北门，娃谓生曰："此东转小曲中，某之姨宅也，将憩而觐之，可乎？"生如其言，前行不逾百步，果见一车门。窥其际，甚弘敞。其青衣自车后止之曰："至矣。"生下，适有一人出访曰："谁？"曰："李娃也。"乃入告。俄有一妪至，年可四十余，与生相迎曰："吾甥来否？"娃下车，妪逆访之曰："何久疏绝？"相视而笑。娃引生拜之，既见，遂偕入西戟门偏院。中有山亭，竹树葱蒨，池榭幽绝。生谓娃曰："此姨之私第耶？"笑而不答，以他语对之。俄献茶果，甚珍奇。食顷，有一人控大宛，汗流驰至曰："姥遇暴疾颇甚，殆不识人，宜速归。"娃谓姨曰："方寸乱矣，某骑而前去，当令返乘，便与郎偕来。"生拟随之，其姨与侍儿偶语，以手挥之，令生止于户外，曰："姥且殁矣，当与某议丧事，以济其急，奈何遽相随而去？"乃止，共计其凶仪斋祭之用。日晚，乘不至。姨言曰："无复命何也？郎骤往觇之，某当继至。"生遂往，至旧宅，门扃钥甚密，以泥缄之。生大骇，诘其邻人。……生惶惑发狂，罔知所措，因返访布政旧邸。

此段用工笔细描含蓄地写出了这本是一场精心策划的阴谋，如李娃和李姨一见面就“相视而笑”，暗示事情如她们所料在发展，是事先商量好的。李娃对荥阳生的问话“笑而不答，以他语对之”，显然是有意遮掩。当荥阳生准备与李娃一同离开时，“其姨与侍儿偶语”，暗示事出意外，二人正在商量对策等。在这个过程中，荥阳生的痴情老实和设置骗局者的冷酷无情、奸诈精明也展现出来了。同时，骗人者老练的配合也把妓院生活中常见的场景活灵活现地描绘出来，因此，这个场面是有典型意义的。

从总体上看，叙述性语言平易质实，便于表现事件的线性发展；描述演示性语言形象生动，刻画细腻，注重捕捉瞬间情状，便于表现点的深入，达到栩栩如生的叙事效果。

唐传奇中的人物对话生动传神，词汇丰富，用语明丽，能根据人物的处境、身世和思想感情，把人物的内心活动和个性特点贴切地描写出来。如《柳毅传》写龙女变为卢氏，与柳毅成亲后，夫妇之间有一段对话：

> 君附书之日，笑谓妾曰：“他日归洞庭，慎无相避。”诚不知当此之际，君岂有意于今日之事乎？其后季父请于君，君固不许。君乃诚将不可邪？抑愤然邪？君其话之。

这是龙女与柳毅结婚后对丈夫讲的话，促膝而谈，娓娓道来，富有生活气息。把诗意的抒情色彩与惊人的写实色彩完美地结合起来了。

陆

可称一代之奇

——传奇的地位与影响

宋代洪迈说："唐人小说不可不熟。小小事情，凄婉欲绝，洵有神遇而不自知者，与诗律可称一代之奇。"把唐传奇与唐诗并称，充分肯定了传奇小说在文学史上的地位。随着宋代话本、小说、戏曲的成熟和繁荣，这一观点也被越来越多的人认同。具体来讲，唐人传奇的价值和影响主要体现在以下几点。

（一）传奇的价值与影响

第一，唐传奇的出现，标志着中国文学发展的一大变化，自此以后，近现代所谓的文学的主要体裁——戏曲和小说有了飞跃发展。因此，我们可以说唐传奇引导中国文学走入现代意义的文学王国。首先，唐传奇开拓了文学的表现领域，它突破了诗歌以主观抒情为中心的表现方式，把笔触投向广阔而丰富、无奇不有的大千世界，它对社会现实生活反映的深度和广度是此前的文学样式所不能比的。其次，唐传奇反映出作者主观上想要创作文艺作品的倾向，在人物塑造、情节结构、叙事艺术等方面开始了真正意义上的小说创作。在这些作品中，我们看到有很多篇章符合我们今天对小说的定义。再次，唐传奇以后，叙事文学逐步移向文坛中心，逐渐取代了抒情文学的地位。

第二，唐传奇的出现和繁荣，标志着小说从孕育它的子史著作中脱胎而出，成为一种不同于其他文体的新型文体。唐传奇使中国古典小说结束了它的史前阶段，这在中国文学史上具有划时代的意义。

第三，唐传奇的兴起和繁荣为我们提供了研究当时社会现实的活生生的史料，尤其是其中对爱情生活、豪侠人物和历史事件的描述，包含了批判门阀制度、批判现实政治和暴露社会罪恶的思想。

第四，唐传奇对古文、骈文及当时的民间文学都有吸收，而其创作者又多是上层文人。这为我们研究唐传奇与各体文学之间的影响、文学雅俗转变和影响提供了新的思路。此外，唐传奇的名篇都是现实性与浪漫性相结合的典范之作，这种创作方法的美学价值是值得我们总结和学习的。

第五，唐传奇为后世的小说、戏剧提供了大量的素材、情节模式、人物原型乃至创作方法，这一点既是唐传奇的价值，也是它影响的最重要的一方面。最显著的是在元、明戏曲中，大量移植唐传奇的人物故事进行创

◎ 法文本《黄衫客传奇》书影

作，诸如王实甫的《西厢记》源于《莺莺传》，郑光祖的《倩女离魂》取材于《离魂记》，石君宝的《李亚仙诗酒曲江池》取材于《李娃传》，汤显祖的“临川四梦”（《紫钗记》《牡丹亭》《南柯记》《邯郸记》）分别取材于唐传奇《霍小玉传》《离魂记》《南柯太守传》《枕中记》，成就了其在戏曲史上的不朽地位。直至晚清，还有陈季同以《霍小玉传》为基础，用法文写成中篇小说《黄衫客传奇》（Le Roman de l’homme Jaune），1890年于巴黎出版。因此可以说，唐传奇不仅为中国古代一大批优秀的话本、小说、戏曲提供了基本素材，还为近代戏剧文学走向世界也尽了一份力量。此外，唐传奇为后世诗歌提供了很多典故，也促成了很多民间俗语的形成。

（二）传奇的整理与研究

单篇的唐人传奇与传奇集在文人之间和民间流传一段时间后，就有整理工作开始出现。对它们进行系统、全面整理的是北宋初年的李昉等人奉旨编纂的小说总集《太平广记》，它成书于太平兴国年间，搜集了从汉代到宋初的大量小说作品。全书有500卷，搜罗了我们今天所传的大部分唐人传奇，其中收录传奇小说最多的是从四八四卷到四九二卷的杂传记类。由于其分类标准所限，有的传奇小说被分在其他卷类中，如《南柯太守传》就分在“昆虫类”，因为里面讲的故事与蚂蚁有关；

◎ 清嘉庆刻本《太平广记》

《古镜记》被分在“器玩类”，因为讲的是镜子的故事。就材料的丰富性来讲，它对我们研究宋以前小说的发展以及宋人的小说观念等有很大的帮助。后来还有一些书也保存了唐传奇作品，如《说海》《古今逸史》《五朝小说》《龙威秘书》《唐人说荟》《艺苑捃华》等，大多是商人为了谋利而编刻的，很多作品原来的面貌被改变了。直到“五四”时期，随着近代小说创作的兴起和小说观念的新变，人们开始重新整理唐传奇。在这方面有卓越贡献的首推鲁迅，他把自汉至隋的小说编为《古小说钩沉》，又辑录了《唐宋传奇集》（1927），书后附有《稗边小缀》，提供了不少研究资料。鲁迅是以近代小说的概念来编选唐宋传奇的，他有自己明确的关于传奇的概念。在此之前，郑振铎在鲁迅的帮助和指导下，曾编选了《中国短篇小说集》（1925），其第一集都是唐人传奇。此后，还有王国垣的《唐人小说》（1929），所选的范围较广，每篇之后多有参考性按语，书后附录了鲁迅的《中国小说史略》第八、九、十章。汪辟疆校录《唐人小说》，搜集了除零星杂记和易见专著外的现存唐人小说的大部

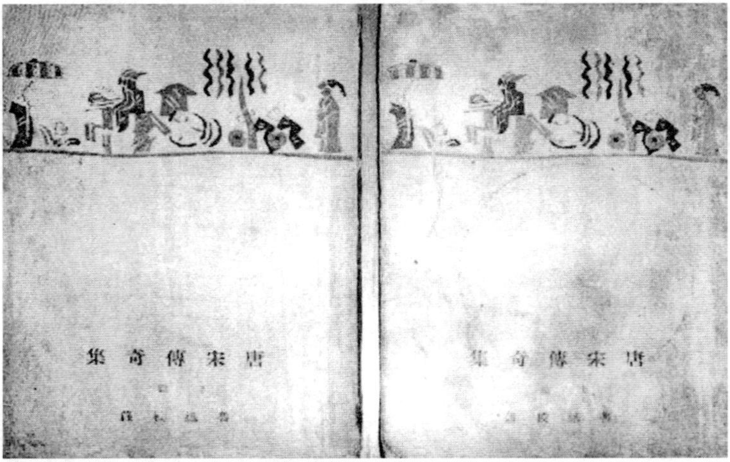

◎《唐宋传奇集》初版书影

分重要作品，并用多种版本进行了文字上的校勘订正。在每篇之后还附有考证，列述作者的经历、故事源流及后代演变等。有些与原作有关的材料也作为附录附在篇末，为阅读和研究唐人传奇提供了很多方便。这本书1929年出版，曾多次再版修订。吴曾祺的《旧小说》也选录了较多的唐人传奇。张友鹤《唐宋传奇选》选篇较精，并作了通俗的注解，适合广大读者的需求。

在研究方面，宋人洪迈、明人胡应麟、清人纪昀都提出过一些精辟的见解，但多是印象式的。“五四”时期对唐人传奇作系统研究而其成就卓著的，当推鲁迅和汪辟疆两位先生。鲁迅的《中国小说史略》（1923—1924初版）第八、九、十三篇专论唐人传奇，提出了很多很有权威性的创见，目前还是小说研究的首选参考书。汪辟疆以毕生精力从事唐人传奇研究，在校勘、辑录和考据方面下了很大的功夫。此后唐传奇研究一直处于萧条局面，期间也出版了刘开荣的《唐代小说研究》(1947)、张长弓的《唐宋传奇作者及其时代》(1950)、张友鹤的《唐宋传奇选》(1964)等著作和作品选。20世纪七八十年代以来，文言小说的研究状况出现了前所未有的新局面。唐宋传奇被纳入文言小说、小说史甚至白话小说的研究视野，对它的编选和研究工作逐渐增多。如吴志达的《唐人传奇》(1981)、李宗为的《唐人传奇》(1985)、侯忠义《中国文言小说史》(1990)、程毅中的《唐代小说史话》(1990)、李剑国的《唐五代志怪传奇叙录》(1993)和《宋代志怪传奇叙录》(1997)等。除此之外，港台地区和国外的学者对唐宋传奇的研究也有些成果，并且越来越多的人开始加入研究唐传奇的行列中。[1]

◎ 图典本《中国小说史略》书影

[1] 此处参考了吴志达《唐人传奇》。

参考书目

1. （宋）李昉等编撰:《太平广记》,中华书局1961年版。
2. 王汝涛等编选:《太平广记选》,齐鲁书社1982年版。
3. （晋）干宝撰，汪绍楹校注:《搜神记》,中华书局1979年版。
4. （晋）张华撰，范宁校证:《博物志》,中华书局1980年版。
5. （唐）谷神子、薛用弱撰:《博异志·集异记》,中华书局1980年版。
6. （唐）张读、李冗撰，张永钦、侯志明点校:《宣室志·独异志》,中华书局1983年版。
7. （南朝宋）刘义庆撰，余嘉锡笺疏:《世说新语笺疏》,上海古籍出版社1992年版。
8. （清）董诰等编:《全唐文》,中华书局1983年影印本。
9. （唐）张鷟、刘悚撰，程毅中点校:《朝野佥载·隋唐嘉话》,中华书局1979年版。
10. （唐）牛僧孺、李复言撰:《玄怪录·续玄怪录》,中华书局1982年版。

11. （宋）洪迈撰：《容斋随笔》，上海古籍出版社1996年版。
12. （明）胡应麟撰：《少室山房笔丛》，台湾新丰出版公司《丛书集成续编》本，第十册。
13. 鲁迅辑：《唐宋传奇集》，人民文学出版社1952年版。
14. 张友鹤选注：《唐宋传奇选》，人民文学出版社1964年版。
15. 鲁迅著：《中国小说史略》，《鲁迅全集》第九卷，人民文学出版社1981年版。
16. 吴组缃、吕乃岩、沈天佑、周先慎、侯忠域选注：《历代小说选》，中国青年出版社1982年版。
17. 吴志达著：《唐人传奇》，上海古籍出版社1981年版。
18. 李宗为著：《唐人传奇》，中华书局1985年版。
19. 汪辟疆校录：《唐人小说》，上海古籍出版社1978年版。
20. 徐君慧著：《古典小说漫话》，巴蜀书社1988年版。
21. 周先慎著：《古典小说鉴赏》，北京大学出版社1997年版。
22. 程毅中著：《唐代小说史话》，文化艺术出版社1990年版。
23. 刘开荣著：《唐代小说研究》，商务印书馆1956年版。
24. 侯忠义著：《隋唐五代小说史》，浙江古籍出版社1997年版。
25. 李剑国著：《唐五代志怪传奇叙录》，南开大学出版社1993年版。
26. 石昌渝著：《中国小说源流论》，三联书店1994年版。
27. 杨义著：《中国古典小说史论》，中国社会科学出版社1995

年版。

28. 薛洪勣著：《传奇小说史》，浙江古籍出版社1998年版。

29. 王珏著：《唐宋传奇说微》，四川教育出版社2003年版。

30. 刘叶秋著：《历代笔记概述》，北京出版社2003年版。

31. 李鹏飞著：《唐代非写实小说之类型研究》，北京大学出版社2004年版。

32. 李剑国著：《古稗斗筲录——李剑国自选集》，南开大学出版社2004年版。

33. 鲁迅校录，蔡义江、蔡宛若今译：《唐宋传奇集》（白话版），北方文艺出版社2006年版。